在华外国专家口述中国

（伍）

科学技术部国外人才研究中心　编

北京联合出版公司
Beijing United Publishing Co.,Ltd.

目 录

又一个令人感动的“鼓岭故事” 文 / 杨永和 张建明 1

口耳相传桃李天下 2

“好管闲事”的环保主义者 4

再相聚，“昨日重现” 6

深深中国情 浓浓师生缘 7

路遥知马力 文 / 逄晓丽 9

我的河南面面观 文 / 唐娜·路易丝·泽姆克 译 / 石雪 15

不同的文化 16

好奇的目光 17

问路有点难 19

一流的车技 19

讨价还价的乐趣 20

德国人在郑州　文 / 马丁·绍尔茨　译 / 缪华飞 21
一对美国夫妇的中国绿卡情结　文 / 鲁振江 26
八里台老人　文 / 王禹霄 32
我与 Jean 的故事　文 / 薛慧杰 38
12 厘米，爱与感恩　文 / 赵艳漂 44
　　爱与感恩 46
　　12 厘米的距离 48
魅力广西　文 / 迈克尔·约翰·布朗　译 / 李艺雯 50
他的中国心　文 / 李红敏 55
一个美国人的塞上小城情结　文 / 薛青峰 60
遇到你，我是如此幸运　文 / 丁晨 68
“汉字叔叔”理查德　文 / 吴益超 74
　　提问是科学精神的第一步 75
　　以科学的精神向汉字起源发问 76
　　不会因为压力去做不想做的事 78
兰州大学的波罗的海“大男孩”　文 / 王伟凯 81
　　异国情缘 82
　　热爱中国文化 84
“秀外慧中”组合：中西结合碰撞出的音乐火花　文 /《国际人才交流》杂志 86

误打误撞的相识……87

从无到有的歌唱事业……90

“秀外慧中”再起航……92

最是那一低头的温柔　文／周竹熙……96

播种信念　收获理想　文／孙敏……102

“好久不散”　文／郑鹏飞……107

课酬“谈判”：谈钱不伤感情……107

“好久不散”：假期后重逢的尴尬……110

夏寄冬收：一纸贺卡的时空漫游……111

中国人爱面子，美国人守规矩……112

我眼中的中国新一代　文／大卫·伯特……114

捧一掬感恩走进俄罗斯　文／陈秋燕……118

俄　语……119

俄罗斯的风土人情……121

俄罗斯人……122

做一个“自尊优雅”的“外国人”……123

海上扬帆　旦复旦兮　文／宋慧……125

“我的中文名字叫扬帆”……125

中西文化差异与影响……126

“中国通”扬帆……128

中挪教育新篇章……130
柏兰庭夫妇和他们的大家庭　文／陈柳……132
“也许我们应该去中国看看！”……132
“更重要的是成为一个更好的人”……134
14个孩子的大家庭……136
我的姐妹——艾丽　文／阮文贤……140
外教众生相……140
艾丽2号、艾丽3号……141
我与艾丽的姐妹情缘……143
回首再见春暖花开……144
一位美国老人的中国心　文／戴志民……147
一个诺奖专家的建议　文／梁伯枢……152
对农业问题的建议……153
对劳动力转移的建议……154
对劳动力市场的建议……155
对年轻人就业创业的建议……156
对引进外国人才的建议……158
太仓的德国“招商红娘”　文／杨美萍……161
做经理为太仓经济做贡献……162
退休后继续为太仓招商引资……163

太仓招商优势得天独厚 165
“我会一直工作到无法工作为止” 166
国际创客的“国际创客走廊” 文 / 吴星铎 168
不变的是最初的理想 170
瞅准需求去创业 172
“国际创客走廊”诞生记 173
眺望“国际创客走廊” 176
诺奖得主给中国经济支招 文 / 左娜 179
半路出家的经济学家 180
中国缘伴他从学生到教授 182
金融波动的“心电图” 185
给中国经济支招 187
我亲历的中国经济 40 年 文 / 龙安志 译 / 张超娜 189
绿军装和可乐 190
快车道上的 90 年代 191
循序渐进的“中国方案” 193
多元本土化而非单一全球化 196
拉贾：我把青春献给了改革开放的中国 口述 / 拉贾·马格斯维伦 执笔 / 吴星铎 王兆峰 199
1974 年，我来到中国 200

从“你”“我”研究汉字输入法 202
从亚运会到奥运会，我感受到中国发展战略的优越之处 204
我和“小护士” 205
现在的中国人正经历幸福时代 207
那么，现在的中国人幸福吗？ 209
“走出去”的明日中国 209

又一个令人感动的“鼓岭故事”

——记谢德力夫妇来华任教

文 / 杨永和　张建明

国庆前夕，我们再一次收到了曾在我校任教的加拿大外籍教师谢碧佳女士（Patricia Sheldrick）的电子邮件。老人家十分沉痛地告诉我们，她的丈夫谢德力先生（Douglas Sheldrick）由于膀胱癌，在与病魔顽强斗争数月后，在全家人的关注中走完了其 78 年的人生

谢德力夫妇在学生阳涛的办公室

历程，永远离开了他挚爱的家人、朋友，离开了他念念不忘的中国同事和学生。

读着老人家的电子邮件，我们心情特别沉重。作为曾经与他们共事的同事，笔者永远也忘不了谢德力先生在我校教授英语口语，传播中西文化的诸多往事。

口耳相传桃李天下

1993 年，湘潭机电高等专科学校（湖南工程学院前身）创办了经贸英语专业，急需聘请外籍教师。也许是机缘巧合，我们与远在

谢德力夫妇与学生合影

加拿大的谢德力夫妇取得了联系。谢德力夫妇是加拿大安大略省人，他们两人一直有个梦想，那就是退休后能利用自己的英语专长，到中国来教英语。为此，他们还专门申请了“将英语作为第二语言教学”的资格。那一年，即将年满六十岁的谢德力先生刚从一家全球著名木材公司的总会计师岗位上退休，就携夫人谢碧佳女士向中国有关方面递交了个人材料，跨过大洋，来到了湖南湘潭。

谢德力夫妇到学校后，很快融入到了我们的教师队伍，以饱满的热情与年轻教师一起备课，互相讨论，精心准备每一堂课，全身心地投入到了英语口语的教学之中。当时经贸英语专业只招收了一个班，共 44 人。针对专科学生底子薄、口语差的特点，谢德力夫妇在英语口语教学中想出了许多办法。他们把全班 44 名学生分成 A、B 两个小班，每人负责 22 名学生，再把 A、B 班分成四个小组，为的是让每个学生都有机会开口练习，让尽可能多的学生获得锻炼机会。我们那时对这一对外教的教学很感兴趣，试图了解他们的教学方法，但被他们“拒绝”。无奈之下，我们只得在门缝里去看，结果看到了非常感人的一幕：在学生自我练习环节，一片嗡嗡的自读声中，夫妇两个都是弯着腰，将耳朵贴近学生仔细听他们的发音，并适时纠正学生的错误。使得我们这些“窥视者”非常感动。

谢德力夫妇在教学工作中十分敬业。他们不但能给予学生最为纯正的语言示范，还非常关注学生在语言学习中的心理障碍，93 级学生蒋钟伟就是一个典型的例子。这个来自祁东农村的学生，进校时英语基础较差，因此总是很自卑，甚至到了抑郁的程度。在谢德力夫妇的关怀和开导下，他积极参加训练，大胆突破，经过不懈努力，他得到一步一步的成长，从“不敢说”跨越到了“我要说”的境界。后来，蒋钟伟练就了滔滔不绝的英语语言表达能力，还当上了学生会主席，以品学兼优的成绩毕业。走向社会之后，借助在校期间形成的英语能力，打拼出一片天地，从外贸业务员一直做到公司老总，现担任无锡环特太阳能科技有限公司董事长，还在美国达拉斯开办了中国在美国的第一家光伏产业园。

谢德力夫妇在中国工作一年后回国，于 1994 年 7 月离开他们已经熟悉的工作环境和深爱着的中国学生。在送别他们的人群中，既有学校的领导和同事，也有他们的邻居和学生。在与中国朋友一一告别时，他们最放心不下的还是经贸英语专业的学生，要每个学生把“产品”，“技术的”，“机制”等最容易读错的词汇用英语再读一次，直到他们发音准确才放手，临别时还反复叮嘱笔者好好教授他们的“孩子们”。

“好管闲事”的环保主义者

到中国不久，谢德力夫妇就熟悉了湖南的文化和习俗。他们经常和邻居互相串门，学习汉语和中国菜的做法，教邻居做西餐，了解中国家庭的生活现状和孩子的培养方式；他们常常在周末带领学生们去湘江边和附近公园捡拾烟蒂、纸屑和矿泉水瓶，给学生灌输保护环境、爱护大自然的理念。记得有一次，他们在上课时，发现教室外有烟雾。出门一看，是学校清洁工在焚烧刚刚清扫在一起的树叶，谢德力夫妇当即上前制止，由于言语不通，没有成功。老人家自然不肯罢休，非要达到目的不可。当时，他们硬拽着一位英语老师去找校长理论。在校长办公室，谢德力夫妇从环保的理念出发，要求校长禁止在校园内焚烧树叶的行为。有些人对谢德力夫妇的“好管闲事”议论纷纷，老人家却格外严肃，严正

谢德力夫妇家庭照

谢德力夫妇重温学校食堂

交涉，最终说服了大家。

1994 年，在回到加拿大的一年时间里，谢德力夫妇在他们的居住地彭布罗克市的报刊发表了好几篇文章，盛赞中国人民的友好情谊，介绍中国湖南的风土人情。在那些文章中，老人家对中国高校的英语教学和湖南的人文自然景观给予了很高的评价。字里行间，透露出他们对中国、对湖南和对学校深深的留恋。

1995 年 9 月，谢德力夫妇再一次申请来学校教书并获得批准。这一次他们为学校带来了很多他们在加拿大募集到的书籍，其中有文学、科技方面的著作，也有适合经贸英语教学的教科书。遗憾的是，因为家中发生了一些变故，谢德力夫妇第二次英语教学经历，不得不在 1996 年 1 月中断。

再相聚，“昨日重现”

2001 年 5 月，在离开 6 年多以后，怀着对学校的深切思念和对自己学生的热情关怀，谢德力夫妇在近七十岁的时候，回到了湘潭，来到已经升格为本科院校的湖南工程学院，感受学校日新月异的巨变。那一次，谢德力夫妇还为在读的学生做了题为“天下一家（One World， One Family）”的演讲，宣传人类与大自然和谐相处和世界和平的理念。他们学会了“天下一家”这四个字的汉语拼音，并时时准确地表达出来。

年轻时候的谢德力夫妇

2010年国庆节期间，谢德力夫妇在年近八旬的时候，再一次专程从加拿大回到学校，与他们曾经教授过的三届学生相聚。这一次，夫妇俩向学校赠送了他们自己精心制作的匾牌，表达他们对曾经工作过的学校的深深情谊。在这次聚会上，夫妇俩分别为他们曾经教授过英语口语的三个班级的学生在以前的老教室再讲了一堂课，重温了十几年前的情景，还为在校学生做了精彩的演讲。在学生策划组织的“昨日重现”的大型文艺晚会上，老人家和昔日的学生热情相拥、泪洒衣襟，师生情义令人动容。

深深中国情　浓浓师生缘

几个月前，谢碧佳女士发来邮件，向我们详细告知了谢德力先生的病情：膀胱癌、晚期、已扩散。但重病之中的谢德力先生，感到最遗憾的是不能再有机会踏上中国国土，不能再见到他挚爱的、他一生中所教过的中国学生和曾经共事过的中国同事。他在病床上常常流露出对那一年半的教师经历中所交到的朋友的思念。

他们的学生，经贸英语专业 95 级的张进利用去加拿大出差的机会，看望了病中的老人家，带去了大家的问候；经贸英语专业 95 级的袁艺已在加拿大定居，经常开车去看望老人家，陪老人聊天，把学校的发展变化、同学们的成就告诉谢德力夫妇，尽全力宽慰老人家。

2012 年暑假期间，我们又收到了谢碧佳女士的邮件。她言辞恳切、十分委婉地代谢德力先生提出了最后一个请求：希望在逝世后，能够在其骨灰盒里放置让他们日思夜想的来自中国的物品，尤其是来自他曾经工作过的学校的信物。为了满足老人家这最后的愿望，我们在学校校园里和湘江边上捡拾到了两个小石子，邮寄给了远在加拿大病榻上的谢德力先生。

在收到来自中国的信物后不久，谢德力先生因为癌细胞扩散，不幸病逝。

前些天，我们收到谢碧佳女士发来的邮件，得知老人家计划于 2013 年 10 月份再来中国，再回到学校，带着她的先生谢德力的那一份情感，当然，也带着她自己那一份依恋。她说，那可能是自己人生的最后一次……（本文作者杨永和为湖南工程学院外国语学院院长、教授，张建明为湖南工程学院前任书记、副教授）

路遥知马力

——我们的美国外教老马

每当读书疲倦想偷懒时，我就会翻开看看老马给我的赠言，一想起老马对我的深切教导，我就会精神焕发，且动力倍增。

文 / 逄晓丽

“你好！”老马一边向学生们打招呼，一边拉着他的小行李箱，一摇一晃地穿过外院的小树林，赶去上课。

这位老马就是我们的英语口语老师。老马是美国人，今年 71 岁，原名 Henry L. Miner，中文名叫马恒力，名字还挺有中国文化底蕴的。可他喜欢别人称他为“老马”。据老马自己说，他在德国留过 3 年“洋”，然后在美国教了 37 年德语，2 年前他携太太，从太平洋彼岸飞到中国受聘在我们外语学院教书。马太太跟老马同月同日生，长得又胖又甜。马太太以前是个艺术家，生性活泼，爱好广泛。她做过我们大一时候的口语外教。马太太上课时让我们看她画的画，教我们做风车，给我们看电影，课堂既轻松又有趣。可是老马呢，却特别热衷于政治社会等一系列重大严肃问题，所以每当上口语课时，我们都要不停地讨论国家大事。我们总是感叹，老夫妻俩都是吃一个锅里的饭，差别怎么这么大呢。

老马课讲完后，一般都要留时间让我们分小组讨论做出结论。为保证公平公正，小组通过抓阄来确定上场顺序。老马似乎特别喜欢我们抓阄。

老马与学生合影

老马的有些话题很深刻，他也能觉察到我们对此不敢苟同，情绪低落。往往此时，他都会坐在椅子上晃动着双腿，问道：“我令你们感觉无聊吗？”

我们刚想说是啊是啊！转念一想又不太忍心伤害一个异国老年人的情感，只好不作声。老马马上自嘲道：“我令你们感觉无聊，但我可没感觉无聊啊！哈哈哈哈”，他猛地抽了一口气，却又接着笑道，“哈哈哈哈！”

这时候我们就会倒抽一口凉气，面面相觑。

老马特别向往中国文化，虽然他中文说得很蹩脚，却仍然坚持认识中国汉字。有一次，我们好奇地问他：“你的小行李箱里拉着啥宝贝？”老马就变戏法似的拿出38本学习汉语和相关中国文化的书，还有好几本是小学生的看图识字书。怪不得每次他上课总会向我们炫耀几句新学会的汉语句子。上课前他会得意地用中文问“几点了？”铃声一响他也说“上课！”

说到中国文化，老马还有一个特别爱讨论的话题——孔老夫子。他像模像样地学着说“仁义礼智信”——别看老马年纪大，其实像个孩子一样好学。有一次我们正讨论着孔夫子的哲学在当代世界的意义，老马说到高兴处，竟然学起了孔子的样子。他双目微闭，双臂平叠，庄严肃穆得让人肃然起敬。当我们惊叹于老马的表现力时，老马却突然睁开眼，问我们：“像不像？”然后大笑，“哈哈哈哈……”

> 老马他这样为我们挥洒汗水，我们还有什么理由不认真上他的课呢！

虽说我们偶尔抱怨老马的课严肃枯燥，其实我们心里还是挺感激老马的。大二的学生不再是大一的小孩子了，国际视野需要开阔，社会责任感应当加强，对中外文化的认识应更加深入。再说老马也积极地向马太太学习，把单一的课堂讨论扩展成辩论、角色扮演等有趣的内容。我们有时扮演毛主席，有时候又学奥巴马，你一言我一语，唇枪舌剑，好不热闹。在众多社会问题和时事中，老马特爱讨论中美关系。据他自己吹牛，2012 年奥巴马竞选的最大对手米蓉泥（Mitt Romney，又译米特·罗姆尼）是他的“远亲”。中美两国之间一有什么风吹草动，老马马上拿来让我们分析讨论。我们开始时暗暗心想，我们懂个啥呀，国际大势又不会按我们说的发展。但是苦于形势所迫，我们只好硬着头皮说点意见。政治问题本来就有些枯燥，我们说得自己都快睡着了，老马却兴奋得双眼发光，不论我们说的是什么，他都连连点头。久而久之，全班同学的国际政治素养还真的大大提升。经过老马各种“中美反恐合作”“中美环境保护问题争议”“美国、澳大利亚和日本联合军演”“小布什和奥巴马在伊拉克问题上各自政策的对错”……一连串话题的狂轰滥炸，现在无论哪国人跟我们讨论国际中美局势，我们都有信心跟他来上几回合了。

老马上课很卖力。有一次上口语课，我早早到了教室，却只见老马一个人。他挺着他发福的肚子气喘吁吁地在黑板上密密麻麻写了一片。我不经意间瞥见老马手里拿着的材料上已经被红笔勾画得密密麻麻。

老马写得很用心，并没有发现我的到来。我悄悄地坐了下来，认认真真地把课上要用的材料看了又看。材料主题还是政治社会文化，也许是受他的感染，这一次我却不再觉得枯燥，而是在其中看到了许多道理。我看到了老马对中国社会问题的关心，对中华文明的向往和尊重，更看到了他对我们中国学子的殷殷希望。他希望我们不要浮躁，不要沉迷于浅显轻松的娱乐花样，相反，他让我们沉下心来关注国际形势，关注社会民生，关注文化吸收与传承。

我看完材料，转看老马，发现他头上有白发根根，发梢上粘着还未滑落的汗珠，心里不免自责了一下：老马他这样为我们挥洒汗水，我们还有什么理由不认真上他的课呢！

这次口语课，我听得格外认真。

老马年纪大了，要回美国养老。他和马太太走的那一天，我们都争着和老夫妇照相。老马也开心地哈哈大笑着跟我们合影。我在一片欢声笑语中听到了太多的留恋和不舍。我们舍不得老马。在与老马相处的两年里，我们对着一堆严肃枯燥的时事材料发愁过，也为老马的渊博和幽默惊叹过；我们因老马“秉公执法”打分严格而沮丧过，也为他带给我们实实在在的进步而感激过。老马也舍不得我们。我们虽然爱闹爱玩，却体现着年轻的活力，老马也常常笑着说我们让他年轻了好几十岁。我们一点一点的进步也代表着老马的成功，老马谦虚地说是我们的成绩让他晚年异国他乡的漂泊有了价值。

那天老马和马太太一起离开了中国，离开了我们。我在校门外望着他们离去。老马一只手拉着重重的行李箱，另一只手挽着太太。过马路时，老两口左看右看，晃晃停停。车辆川流不息，背景变换不停，不变的是他们在异国他乡孤寂时的相互温暖，不变的是他们对中国学生的付出和牵挂。老马在美国教了一辈子书，年过七旬不肯休息，还要跑到异国他乡传道授业。他对教师这个崇高职业无比热爱，对学生“春蚕到死丝方尽”无私奉献，对异国学生一视同仁。

现在，我已将老马发的讲义订成两大厚本，收藏着，作为永久的纪念。老马留在我笔记本上的离别赠言我也细心保存着。每当读书疲倦想偷懒时，我就会翻开看看，想起老马对我的深切教导，抑或是良心发现，每每此时，我都会精神焕发，且动力倍增。

祝愿我们的老马和马太太在大洋彼岸过好每一天。（作者单位：山东大学）

我的河南面面观

文 / 唐娜 · 路易丝 · 泽姆克　译 / 石雪

唐娜 · 路易丝 · 泽姆克

我第一次来郑州是2004年，但仅仅只在河南逗留了3周后就回美国了。当得知自己将被派往中国工作的时候，我还并没有确定这里会是我今后生活的地方。于是，长达两年多的准备工作拉开了序幕。2006年4月，我又一次回到中国，在郑州英思力美语，开始了自己崭新的教学生涯。

不同的文化

研究异国文化是件很有意思的事情，特别是当你要和他们接触的时候，就变得极为重要。你不想得罪了别人或是令自己和自己的国家蒙羞。中国就是这些有趣的文化之一，因为我们对这个国家的了解通常都是通过电影或是当地的中餐馆。这些年在中国的经历让我明白，这种认识其实是片面的。只有认真地去研究一种文化，才可以真正感受到其中的与众不同。

中国的传统和习俗可以追溯到数千年以前。这些与众不同之处其实是历史千百年来发展和演变的结果。美国尚是一个鲜有自身传统的年轻国家。她是一个几乎不存在“美式”文化的文化大熔炉。作为一个生活在中国的美国人，我觉得有必要谈谈河南文化给自己留下的丰富经历。每种文化都是独特且应受到尊重的。

一个久居国外的人和一个游客间的区别就是他们遇到的意外和

风险。许多出国的人会与其他老外同住，或者入乡随俗。决定来中国是个机缘巧合。告别安逸的单身生活、辞去深爱的工作、离开家人是个艰难的决定。但我不在乎前途未卜，因为我想做一些更大胆的尝试。

我来自一个拥有多元文化的国家，很难想象别人会怎样去面对一个完全不同的人。很少有人会对这么一个大眼睛高鼻梁、满脸友善的老外不感到好奇。在河南我学会了怎么去吓唬小孩子。这里到处都是中国人，尽管他们总在电视上看到白人，但小孩子并不知道我究竟为何物，或许觉得我是个怪物。如果我邀请一些孩子的父母为我和他们的孩子拍照留念，往往都是以孩子哭天抹泪收尾。有个孩子在我靠近他的时候甚至不愿睁开眼睛，真令我无地自容、羞愧难当。

好奇的目光

你是金发碧眼吗？肤色白皙吗？恭喜你！你在河南教学的时候将受到万众瞩目。在大街上、公车上、银行里、饭店里、车站里，无论走到哪里，你都是人们关注的焦点。由于有些司机瞪大了眼睛抻长了脖子关注你，你甚至能荣幸地制造几场交通事故。不论妈妈教育我们盯着别人看是什么行为，如果在中国你看起来与众不同，你就会成为人们观察注意的对象。

不过，不要被这些目光所吓到。这种眼光往往只是出于好奇，特别是生活在这样一个外国人少的城市。对于大多中国人而言，你不经意的出现就会使他们的生活充满新鲜感。有些人甚至鼓足勇气走上前来跟你搭讪。许多河南人都在学英语，但很少有机会和一个老外练习口语。如果有这种机会，要有礼貌。

我常常和我的学生谈到礼节。我给他们讲，在我的国家，有许多人都染着紫色和橙色的头发。有人只有一只胳膊或只有一条腿。甚至有人安着假眼。但是我告诉我的学生，我们从不盯着这些人看来看去。我在中国就成了像他们一样的人。因为我与众不同而盯着我看是很不礼貌的行为。瞥一眼就行了，再看一眼也无所谓。谈到这里，我的学生们都会意地点头，但我真的不确定他们能改掉这种习惯。

人们都盯着你看。这只是文化的一部分。但你完全可以回看啊！我经常这么做。通常，那些不怀好意的眼光都会面红耳赤地被收回。然后，我就大度地微笑一下，我不想让别人感到尴尬。但是，我会给那些想为我拍照的人留个底线。出于礼节，在河南我从不未经允许就为别人拍照。如果有谁想偷拍我，我就会竭尽全力地制止这种行为。

在河南，别太把自己当回事儿。开心就好。但是要记住，这或许是唯一一个能让你感到自己像明星的机会了。

问路有点难

问路这么简单的事情足以算是一个艰巨的任务。每当我手拿地图向别人问路（其实地图根本不管用），一个人会指出一个方向，另一个人则指着另外一个方向反驳，两个人的答案往往是南辕北辙，总是以两人争执不休告终。我总是会问我自己处在什么位置，但他往往都会把我要去的方向指给我。他不知道我看得懂地图，也不明白我只是想知道自己在什么位置。我真是无语到流泪，想把地图撕个粉碎。

这就是我为什么想要尽力提高中文水平的原因之一。因为交流是必不可少的。我常常梦到自己拥有了中文“速成”的魔力，可以畅通无阻地和别人交流。

一流的车技

在河南骑自行车，你会发现许多河南人的特点。许多河南人的车技真让人叹为观止。他们骑得很慢，真奇怪他们是怎么保持平衡的。你也会看到两个人用比其他人更慢的速度边骑边聊。他们占据了整个慢车道，令别人无法超车。最常见的就是一个人跨着一辆老式自行车，嘴里还叼着烟卷。每次等红绿灯的当口儿，都为同行的人创造了聊天的大好时机。

讨价还价的乐趣

在中国买东西是可以讨价还价的。如果你懂得怎么砍价，即使一个老外也可以买到物美价廉的东西。中国人最令我钦佩的一点就是他们赚钱的智慧和能力。经济持续增长，街上的每家商店和商场几乎都充斥着进口产品。一个老外其实可以在这里过得相当滋润。

（转自河南省外国专家局编辑的《外国专家看河南》）

德国人在郑州

文 / 马丁 · 绍尔茨　译 / 缪华飞

2005 年 8 月，我来到郑州。在此之前，从郑州到柏林的一个好友给我讲了许多关于他的家乡和郑州大学的事情。他告诉我，郑州大学最近开设了德语系，正在招聘德语教师。我对这个消息很感兴

马丁 · 绍尔茨

趣。几年前，我在上海和北京求学、生活，也饱览了中国这个神奇国度的许多处胜地。在我眼里，中国一直是个神秘的国度，我深深地为她的各种美食乃至古老的哲学智慧、悠久的历史、博大精深的艺术所吸引。无论是在中国还是在其他国家，我都遇到过许多善良有趣的中国人，也和他们成为了朋友。在我学习国际政治期间，中国通过改革开放取得的翻天覆地的变化和快速发展让我感到非常惊异。我第一次来到中国是在1994年，而当2005年我再次来到中国时，我看到了一个日新月异的国家。

由于以前没有来过河南，所以，我从未预料过我会在这儿有所发现。我只是对中国文明的摇篮——河南，感到十分好奇。我听说过许多关于古都开封、洛阳及黄河、少林寺的事情，也读过许多有关这些名胜古迹的书籍。我期待能在这里生活一段时间，几个月或者一年；期待能游览一些新的风景名胜；期待能遇见一些有趣的人。然而，让我出乎意料的是，我在这里找到了一个新的家。

郑州给我的第一个惊喜是郑州大学的新校区。我从来没有看见过一个像这样拥有着令人赞叹的建筑和优美花园的宽广校园。郑州大学的教师公寓也比我此前在中国其他大学所见过的教师公寓要宽敞许多。我很快就和“老板”——德语系主任卢力军教授成为了好朋友。能和“老板”交上好朋友，这确实让人十分高兴！无论我在生活上遇到什么问题，卢教授和别的一些新朋友总会设法提供帮助，为我排忧解难。这里的人们思想开明、善良友好，我发现他们的确是真心地想要我留下来。德语系的学生们非常热切地和我聊天，他们渴望更多地了解我的国家，渴望从语言、文化、历史以及中德两国之间的差异等方面学习到更多的知识。对我而言，工作时和学生们在一起，给学生们教德语，和学生们一起做饭、聊天、看电影或者一起去游览河南的名胜古迹，都是极大的乐趣。从学生们身上，我已经了解到他们的许多思维方式和对文化的理解。现在，我仍然每天都从他们身上学习到新事物，而这也能让我从不同的角度来看待自己的国家。当我们从一个距离、从别人的角度去看待事物，事物就会变得不同。我们能从对方身上互相学到许多知识和方法，所以，如果我们能在科学、经济和政治方面进行更多合作，那么，中国和欧洲存在的许多问题都能得到解决。

互相理解是成功合作的关键。我认为，应该让更多中国学生到德国去，同时让更多德国学生到中国来。学生们在另一个国家生活了几年，对不同的文化有了深刻的理解，当他们回到自己的国家后，这些经历和认识都会对他们自己的国家极为有益。学生们能为两国之间的文化交流架起桥梁，也能成为消除种族主义、偏见、无知、迷信及文化自傲的最佳使者。他们能为自己的国家引进新的知识和新的技术，也能用新的思维去寻找到解决旧问题的方法。

在郑州执教期间，我发现我能帮助许多中国学生继续学习德语。

我鼓励他们到外面学习几年，去获取新的知识、学习新的思维方式，然后回到河南，为改善和提升河南的社会状况做出一份贡献。同样，我也鼓励一些德国朋友到河南来学习汉语，更深入地了解中国，和善良友好的河南人做朋友。我的一些德国朋友听从我的建议来到了河南，而且待了一段时间后，不仅没有谁产生过后悔之意，而且都对这里留下了美好深刻的记忆，还承诺将来会再回来。回到德国之后，他们也和家人朋友分享了自己对河南的美好印象。我想，将来会有越来越多的外国人到河南来旅游和工作。

近些年来，郑州发展迅速，这是我最感兴趣的事之一。这个城市在5年内取得的变化相当于欧洲一个中等城市的25年还多，而且，她的多数发展变化都是为了更好地改善城市状况。我想提出的是交通安全问题。刚来到郑州时，我发现这里的许多司机在吃饭时都喝

马丁在课堂上

很多酒，并且酒后还自己开车回家，这令我十分惊讶。现在，郑州已经不再有人酒后驾车，这可以说是一个极大的改变。在红绿灯旁安装的电子摄像头也是一项很好的改善措施。我仍记得，几年前许多人根本不在意闯红灯；但现在，司机会在红灯前停下，因为他们不想被电子摄像头拍摄到闯红灯而埋高额罚单。我相信，这项措施在过去的几年中也挽救了许多人的生命。

当然，郑州的交通仍然存在很多问题。交通拥堵是个亟待解决的严重问题。我想，一旦地铁修建完成以后，这个问题就会迎刃而解，交通状况也就会重新变得良好。如果马路上的私家车仍然过多，政府可以采取一些措施，提高私家车的出行费用，然后将从这些措施中收集到的资金用以扶持公共交通（例如降低公共汽车和地铁的乘坐费用）。政府也可以通过提高燃油税或购买汽车牌照的费用，来限制汽车数量的增加。欧洲的一些城市已经采取了一项积极的试验，比如通过对城市内的汽车征收拥堵费来达到减少汽车出行量的目的。马路上的汽车少了，交通就会变得更安全高效，城市的空气质量也能得到改善。

我相信，河南省政府有能力不断改善城市交通状况，提高人民的生活水平。因此，我想在这里长期留下来，也希望能够为河南的发展发挥一些作用、贡献一份力量。（转自河南省外国专家局编辑的《外国专家看河南》）

一对美国夫妇的中国绿卡情结

——我与 Kirk 夫妇

Kirk 和 Jan 在一天天地老去，可他们对中国的感情却一天比一天深厚。他们最大的心愿是获得一张中国的永久居留证。

文 / 鲁振江

Kirk 和 Jan Pope 是一对美国夫妇，3 年前，在甘肃省外专局举办的专家活动中我和他们初次见面。当时，我刚从事外国专家管理工作，对他们没有特别的印象。后来，随着时间的推移，Kirk 和 Jan 成了我最熟悉的外国人。

Pope 夫妇是美国堪萨斯州人，堪萨斯州位于美国中西部，是农牧业生产区，畜牧业扮演着重要的角色。大概是来自于牛仔故乡的缘故，Kirk 和 Jan 身材高大，具有美国中西部人的特征。Kirk 风趣幽默，直言快语，Jan 端庄大方，秀外慧中。如果不知道他们的年龄，单从外表来看，很难将他们和 70 岁左右的老人联系到一起。说起他们在中国的经历，可以追溯到上世纪 80 年代中期。当时中国改革开放不久，Kirk 和 Jan 就来到中国，他们算得上是最早来甘肃兰州工作的外国人，之后去了云南、山东、天津、广东等省的一些地方，一直从事英语教学工作。2002 年后，他们最终又回到了故地——兰州。还是重操旧业，只是时间一晃过去了近 30 年。

Pope 夫妇在高校里主要给英语专业本科生教英语，也教非英语专业硕士、博士研究生的英语口语。因为在兰州工作时间长的原因，

Kirk 在上课

他们还经常被一些单位邀请，担任英语培训外教。我与他们的相识相知就是在甘肃省外专局举办的周末英语培训班。2006 年，为提高甘肃引进国外智力单位工作人员的外语水平，省外专局牵头举办了周末英语班，并全额给予资助。这个班旨在培养英语中高端实用型人才，学员主要来自甘肃省的机关单位、科研院所，人数保持着 15 人的规模。Pope 夫妇是培训班一开始聘请的外教，并一直坚持到现在。他们给培训班起了个很有意思的英语名字，叫作“Active Your English Class”，汉语直译就是“激活你的英语”。6 年过去了，这个班上学员的英语水平被激活了起来。每学期学员都有更新，算起来里面培养出了不少英语实用人才，成为所在行业领域的佼佼者。

每个周末，除寒暑假和法定节日，Kirk 和 Jan 都会准时出现在位于兰州西北书城的周末英语班上。从早上 9 点到 12 点，进行 3 个小时的英语阅读、听写、讨论等培训课程，他们鼓励与学员互动交流，让学员自由发言。课本主要采用国外英语教材，也选用一些时下的报刊文摘，但从来不涉及政治、宗教等敏感话题。课堂上两人轮流上阵，Kirk 上课的时候，Jan 就当听课老师。Jan 上课的时候，Kirk 也没闲着，当好辅助老师。

Kirk 曾任美国小学校长，Jan 是英语教学科班出身，相比来言，Jan 的教学水平较 Kirk 要高一筹，当 Kirk 拼写或发音出现错误时，Jan 就毫不留情地指出来，这时 Kirk 就扮个鬼脸，引得大家哄堂大笑。

Pope 夫妇是非常传统的美国人，为人低调、保守、责任心强。在工作、生活中他们以身作则，可以说是在兰州工作的外国人的榜样。在兰州高校中曾经发生过年轻外教到酒吧喝酒，同当地人打架，被公安机关拘留的事。这件事成了 Jan 常挂在嘴边，告诫新来外教的典型教材。她说这种行为很可耻，不是美国人的行为，来中国工作的美国人不应该是这样的。记得还有一次她跟我说，有位美国年轻外教在课堂上给学生教美国俚语和流行文化，尽管颇受学生的欢迎，可她很不以为然，认为教的是垃圾文化，不是真正的美国文化，她认为青少年认知能力差，经常灌输这样的东西，很容易使他们误入歧途。她认为老师就是要为人师表、品德高尚，教学要循规蹈矩、按部就班。

Jan Pope 在上课

说起兰州，Pope 夫妇有着一种特殊的感情。尽管这座城市地处西部，自然条件差，很难吸引到优秀的外籍教师，但在他们眼里，兰州是最具魅力的中国城市。他们至今还是基本上不会说中文的外国人，但他们的生活中并没有因为语言不通而有不便之处。他们总是自愿扮演着宣传兰州、宣传甘肃的角色。Kirk 还在美国当校长的时候，就不止一次带领学校的老师来兰州开展短期教学。自从在兰州长期工作后，他们也经常利用自己在国外的关系，介绍外教来兰州工作。

Pope 夫妇在美国子孙满堂，每年寒暑假，他们就像候鸟一样，飞回堪萨斯和家人团聚。有一天，我无意中打开地图，看到堪萨斯在美国地图上的位置，恰似甘肃在中国地图上的位置。也许这就是 Kirk 和 Jan 选择到兰州工作的原因，两者相似的地理位置、气候条件，让他们已经把兰州当成了第二故乡。Pope 夫妇总是说，兰州是我们的家，这里的人很好，我们热爱兰州，将一直在这里工作，直至老到干不动为止。

是的，Kirk 和 Jan 在一天天地老去，可他们对中国的感情却一天比一天深厚。他们最大的心愿是获得一张中国的永久居留证。有一次，Kirk 问我，怎么能申请到"中国绿卡"？我心里知道，按照目前中国政府对外国人永久居留审批的规定，获得中国绿卡的条件极其严格。他们既没有在中国投资 50 万美元以上，也没有在企业担任副总经理以上职位，如果按经济效益指标来算，他们也算不上有特殊贡献。他们能成功申请绿卡的可能性微乎其微。当我委婉地给他讲这些规定时，他们只是说："我们在中国教了成千上万的学生学习英语，难道这不算最大的投资和贡献吗？"

我无法用合适的语言回答他们，只能静静地看着他们远去的背影。值得庆幸的是，2013 年 7 月 1 日，新的出入境管理法即将实施，针对外国人永久居留的配套政策正在修订中，或许像 Pope 夫妇这种长期在中国工作的外国人，他们见证了中国改革开放历程，为中国的发展发挥了积极有效作用，并将所见所闻准确传达给了他的家人和世界的外国人，会有可能申请到中国绿卡的。我默默祝愿 Pope 夫妇能早日实现他们的这个愿望。（作者单位：甘肃省外国专家局）

八里台老人

“八里台老人”这个词，颇有些隐士的味道，他用他的无私关怀让我们体会到，教育就是这样一种不分国界、不分种族的伟大存在。

文 / 王禹霄

东晋次和他的“图书馆”

我们学校的老校区位于天津八里台，这里，是天津著名的大学聚集区。外国留学生与我们多在这里上课，因此在这里，我与外国人结下了深厚的情谊。但最令我难忘的，还是那位“八里台老人”——我们的日语外教：东晋次老师。

2011 年 3 月，我刚刚学了半年日语，他便开始担任我们的听力老师。相信任何一个中国人，初见外国人时难免都会无端生出一些遐想与好奇，就在同学们热火朝天地讨论着这位新外教的身材、性格，是否好相处时，他便走入了教室，走入了我们的视线。

这是一位老人：须发花白、戴着一副细框眼镜，额角的皱纹无一不在诉说着他经历过的风霜雨雪。但他又不像一位老人，他穿着笔挺的白衬衫、浅灰色的马夹，黑亮的皮鞋纤尘不染，走起路来虎虎生风，犹如少年。他站上讲台，转身在黑板上写下自己的名字，用娴熟的中文对我们说：“你们好，我叫东晋次，我很喜欢中国。”

后来才渐渐知道，东老师已有 68 岁高龄，他在日本某国立大学以副校长的身份功成身退后，本可以在家喝点小酒，写写著作，颐养天年。但为了让我们所参与的中日合作办学项目快速走上轨道，他远离妻儿，一人来到中国开始长期执教，一教就是 6 年。东老师精通东汉史，尤其在历史人物王莽的研究上，成就甚至超过一些中国学者，可谓“大师”。他对中国文言文的了解，比我们这些中国人还深，这对于一个外国人来说实属不易。

虽说专教听力，但东老师的课从不死板单一。很多时候，他从一个词的意思讲解起，延伸出的却是整个日本文化的风貌：从北海道“雪祭”的快乐到“成人式”盛装华服的热闹，书本上生僻的词句被他通过自己的亲身经历向我们一一呈现，精彩处不禁让人想拍掌叫好。

东老师的办公室堪称一个小型图书馆，四周的白墙都被打上书架，满满地放着日文原版藏书和影像资料，包括《朝日新闻》报纸与东老师自己每天录制的 NHK 新闻磁带。这些数目庞大的资料若要整理出一份完美的列表，实在是件难事。但东老师做到了，他将大约 2200 册图书的名目一一敲进电脑，按首字母依次排列，以方便我们查阅。有时我下课路过这间办公室，总是习惯性地看看这些书架，摆放整齐的图书静静地等待我们翻阅，而在这整齐背后所浸透的，是一个老人的心血。东老师最高兴的，是我们下课后齐聚到这间办公室借阅书籍，他总会从繁忙的工作中抽身给我们一些意见或指导：什么样的小说堪称时代经典；什么样的评论性文章开启了一个时代的先河。而当还书时，他总会询问我们的感受，当我们半磕巴半比画地描述文章内容并阐述自己的想法时，他总会微笑着夸奖说，你们的日语又进步了。

于是，这越发的让我养成了一个习惯，不管有课没课都会特意去那家“图书馆”转上一圈，跟东老师简单交流两句，心情便会愉悦不少。每次向他行礼问好时，他总会转过头来看着我的眼睛，说一句："小王，一切都还顺利吧？"语气里全是一个老人对晚辈的关怀与呵护。

东老师甚爱喝酒，我们班聚餐时，大家每每怀着感激的心情与他碰杯。他则来者不拒，就算喝得双颊通红也毫不在意，依旧一次次举起酒杯。我想，像这样与大家一起喝酒的聚会，对于他一个孤身在异国的老人来讲是十分难得的吧。

而我却总觉得他心里有一丝孤单。那种孤单也许来自他走回住所时单一的背影；也许来自他自豪地说吃遍了住处附近所有的饭店；亦或是不经意间流露的凝神沉思。一个人到异国生活是需要勇气的，更何况他是一个年近 70 的老人。一次我们下课，众人在走向公交车站的路上说笑打闹，正看见东老师骑着一辆自行车而来。我们从未见过他骑车的样子，既吃惊又新奇，纷纷向他招手叫着"东老师"。他依然是那副慈祥的笑颜，因看见我们而笑得越发开心，抬起一只手朝我们挥了挥，阳光透过树荫洒在他的肩膀。那一刻的他是如此年轻，而又如此自由。我恍然觉得自己错了：就算孤单，就算孤寂，东老师也绝不会在意，因为教师的职责，播撒知识的使命感远远高于孤单。人在履行自己的职责、实践自己的使命时，是绝不会感到孤独的。

大三时，我们便没有东老师的课了。因为上专业课的地点多在其他教学楼，我去到那间“图书馆”的机会也少了很多。这样想着，心里难免有些遗憾。就在我们以为不会再有与东老师碰面的机会时，他又奇迹般地出现了，带来了他为我们准备的礼物——那是一套全部由他精挑细选并且逐字逐句敲在电脑里的日语文章。为了让我们掌握正确的发音，他甚至请他的夫人帮我们录制了阅读的听力版本。为了防止出错，他反复检查了多遍，果然被他找出了几处听力朗读上的错误，于是又细心制作了表格，将错误一一注明页码与行数。那段时间他刚做完眼睛手术尚不足半年，又是暑假，完全可以抛却工作的繁杂好好休息，他却在日本家中的电脑前，认真地敲下一个又一个假名，为我们制作阅读材料。

离开教室时，我又习惯性地转头看向那间办公室。见东老师伏案在写着什么。夕阳的金色染在他身上，是一片温暖又温柔的光景。“老师。”我不禁出声叫他。他转过头来，看到是我，便笑了一下，说了句：“小王，好久不见，还好吗？”依然那样和蔼又慈祥。我忙不迭地说：“很好。”这样的对话，在这两年间反复出现，就如同习惯一般自然，但是此时与之前不同，我莫名涌上一种难过的情绪：以后，再也没有机会上东老师的课了。这时，不免想责备曾经在东老师的课上浪费过时间的自己。

东老师为了加强毕业生与在校生的联系，实现资源共享，以一己之力建立了“八里台通信会”，并独立编撰通信会报纸。报纸中不仅详细介绍了通信会的具体情况、学长的近况调查，还包括他自己写的八里台近况报告。在这篇报告的最后，他写道：“以上繁琐诸语，是来自八里台老人的近况报告。”“八里台老人”这个词，颇有些隐士的味道，实在是适合他。经过多年的任教，他已经与这条街道、这座大楼、这个学校紧密联系在一起，用他的耐心与认真，用他的细心与热情感染着一届又一届学生，让我们体味到一种超乎国界的无私关怀。教育，就是这样一种不分国界、不分种族的伟大存在。

如果有一天，你也路过天津八里台，你也遇见一位身着熨帖笔挺的白衬衫、打着黑色领带、面容可亲的老人骑着自行车走过遍布槐树的街市，到时请你叫他一声“东老师”，他会快活地向你挥手，颔首致意。请你带给他我的歉意，为那些没有认真听课的轻狂的岁月，为那些在桌子下面偷偷玩手机还以为没被发现的小聪明，为那些因缺少勇气而未能促膝谈心的胆怯；也请你带给他我的感谢，为他眯起眼睛想看清书架上层书目名字的瞬间，为他那些执笔编写日语教材的深夜，为他远离亲人朋友也依然坚持孤身执教在这片异国的土地，为他让我知道什么是超越了国界与种族的属于教师的责任感。如果还能再听您上一次课就好了，老师。（作者单位：天津师范大学）

我与 Jean 的故事

文 / 薛慧杰

Jean Glover 是来自英国的护理学女专家，她高高的个子，一头金色短发，小巧的眼镜后面有一双深邃的蓝眼睛。她之前曾在英国谢菲尔德 · 哈勒姆大学从事相关专业的教学工作，还在医院当过多年助产士，56 岁时来到我们天津医科大学任教。2005 年初，我开始负责全校外国专家的管理工作，与 Jean 的故事也就此拉开了序幕。Jean 最初给我的印象就是高高壮壮的，讲话带着浓重的英音。与性情开朗的美籍外教相比，她更显英国人的传统、严肃，有些不苟言笑。不知道是因为文化差异还是年龄上有代沟，刚和 Jean 接触时，我总觉得她人冷冷的，不大好接近。

2005 年的“五一”长假，我第一次作为领队陪同 5 名外教去苏杭旅游。临行前，领导特别强调 Jean 的膝盖有伤，身子重，路上一定要格外小心。旅行中我不时从旁边偷偷地观察 Jean，她一改往日的严肃，不时地像孩子一样咯咯笑出声来。她还喜欢背着重重的单反相机，拍下所有令她感觉新奇的东西，就连街边早点摊儿上的卤蛋也不放过。旅途还算顺利，第 3 天我们按计划到了西湖景区。第一次见到西湖，大家都显得格外兴奋，特别是 Jean，她下了车就直奔水边，到了堤岸还试图往深处走。看着她沉重的身体开始摇晃起来，我心头不禁一紧，赶紧跑过去，一把抓住她的胳膊，大喊了一声“小心！”不知道是我声音太大，还是动作太过生硬，Jean 刚还灿烂的笑脸马上阴了下来，一下子把我的手推开，不高兴地冲我大喊：“我自己可以，不用你帮！”周围的游客齐刷刷地朝我投来怪异的眼光，我顿时觉得脸上火辣辣的，觉得自己的好心受到了 Jean 的误解，很是委屈。

苏杭旅行之后的那个暑假，Jean 回国度假，我第一次送她去机场。临行前，我嘱咐她到家以后给我发个报平安的邮件。结果这句我自认为很平常的客套话又引起了 Jean 的质疑：“我到家为什么要通知你啊？我又不是小孩！”她这一问，又让我哑口无言。

初识的不悦让我对这个颇有个性的英国老太太并没有什么好印象，但我没想到的是，半年相处下来，这种认识却渐渐地发生了变化。首先，Jean 的专业能力在外教里是出类拔萃的。她任教期间曾协助护理学院编审了《中国高等护理教育》双语期刊，还主动承担了国内第一个护理学硕士研究生班的教学任务，并为这个“中澳硕士研究生班”自编了英文教材。其次，Jean 非常敬业。比如她会经常从网上下载最新的专业视频材料，假期归来也总是背回重重的原版教材，为学院的老师和同学提供更多接触前沿知识的机会。此外，Jean 并没有我想得那么孤傲，相反倒是个热心人，特别是对学生很有耐心。在她的帮助下，有些自身条件优秀的学生申请到了国外奖学金，得到了出国深造的机会，还有些学生通过 Jean 的联系获得了国外一些协会的资助，去香港和英国参加了学术会议或接受了短期培训。她还经常义务帮助学院的老师修改医学专业的英文论文，很多教师都从中受益。我一点点感受着 Jean 对工作的执着和对生活的热爱，开始理解 Jean 最初令我困惑的怪脾气是源于她独立自信、为

Jean 和护理专业的学生们合影

人率真的性格，而最初两次不太愉快的经历也淡出了我的记忆。

Jean 由于工作上的出色表现获得了 2005 年的“海河奖”，这可是天津市政府颁发给在津工作外国专家的最高奖项。国庆节颁奖典礼那天，Jean 穿了一件桃红色真丝长裙，还戴了一副彩贝的耳环，淡淡妆扮衬着好心情使这个英国老太太显得光彩照人。从台上把证书捧回来时，她开心地抱了抱我，骄傲地把证书打开给我看：“薛，谢谢你对我的照顾，这个奖也有你的功劳！”

2009 年我被公派到英国谢菲尔德大学留学一年，正巧这个学校就在 Jean 的故乡。在 Jean 的热心帮助下，我在当地找到了一个理想的寄宿家庭——爸爸、妈妈和一对可爱儿女的四口之家。这个英国家庭传统而包容，更充满了真诚和关爱，这让我在学习之余体会了原汁原味的当地文化，感受到了亲人般无微不至的照顾，使我的英国之行收获颇丰。在此期间，Jean 曾两次去看我，邀请我去参观她以前工作的大学和居住的地方。她还租车带我出游，请我品尝地道的英格兰菜肴，让我有机会进一步了解了英国的文化和生活。

回国后由于工作需要，我不再负责学校的外国专家工作，但这丝毫没有影响我和 Jean 的联系。每次 Jean 来办公室还是要过来看看我，随意聊上两句。没过多久，我就怀了宝宝，当我把这个好消息告诉 Jean 时，她竟开心地手舞足蹈。接下来的日子，她更是经常来看望我，问问近况，悉心地叮嘱我各个阶段应该注意的事项。我也对这个精通专业知识的老朋友格外信任，对自己不明白的问题都要仔细问清楚。办公室的同事们总笑侃，说我趁工作之便给自己找了个私人医生，还是个外国专家，省心省力。

2011 年暑假前夕，我临产在即，Jean 也因为膝盖有伤病不得不回英国进行手术治疗。临行前一天，她特意来办公室和我道别。“薛，等做完手术我还要回来，我喜欢中国！”Jean 说着，眼圈有些发红。她把一个兔宝宝的玩具放到我的手里：“薛，这是送给宝宝的礼物。我会在远方祝福你和宝宝的，祝你们一切顺利！”

2012 年 6 月，因为受到在华工作年龄限制，即将年满 65 岁的 Jean 不得不在暑假离开中国，离开她工作生活了 9 年的天津和学校。我本想给她饯行，心里却不想过早面对离别而迟迟没有约她，后来因为忙着工作和照顾孩子，竟忽略了 Jean 回国的时间。直到暑假前的一天，我突然听到了 Jean 已经回国的消息。是遗憾，是伤感，还是超越离别的牵挂？我竟说不出那一刻的感受，我只是清楚地知道 Jean 走了，以后可能很难再见了……

暑假很快过去，新学期又开始了，宁静的校园又恢复了往日的热闹。一天，我正在办公室忙着整理文件，突然听到那个久违而熟悉的声音：“薛，我回来了！”我抬头一看，那一刻我竟然不敢相信自己的眼睛，Jean 竟然就站在我的面前！后来我才知道，原来 Jean 依然怀念在中国的生活，竟没有告诉任何人，偷偷申请了一个语言学校，只是这次是以留学生的身份回到了天津，回到了这个让她既熟悉又热爱的城市。Jean 还告诉我，以前大部分时间都在忙着教学，现在有时间了，正好可以好好学习一下汉语。接下来，我帮 Jean 租到了房子，办理了相关的手续，尽我所能帮她解决生活上的问题。Jean 说她从心里感谢我对她的帮助，而我更珍惜 Jean 给了我这样的机会，让我们再次相见。

如今，越来越多和 Jean 一样的外国专家从世界各地来到中国工作和生活。他们在体验东方文明特有魅力的同时也为我们这个国家的发展奉献着自己的一份力量。在这里，他们一边感受着人与人之间的真诚和关爱，一边亲身经历着城市日新月异的变化，最终爱上他们生活过的城市和国家。相信他们都将成为中国文化的传播者。

（作者单位：天津医科大学）

12 厘米，爱与感恩

Hinger 始终坚持着，以最本真的心态，最宽容的胸襟去看待这个世界，去感受这个世界。

文 / 赵艳漂

外教 Stephanie Hinger

Stephanie Hinger，一位始终热情乐观的德国老太太，在一年前闯入了我们全新的大学生活，给我们带来了许多欢乐，却又在突然之间，在我们这一群刚接触德语的美妙的孩子们措手不及之下，笑着告诉我们，她将离开中国，去厄瓜多尔的一所学校任教。

Hinger 总是给每个人以真诚的微笑，因为她坚信，即便是小小的微笑，也能给人带来身心愉快。我们这群带着羞涩或者不羁的孩子，只在她这段中国旅途的最后一程与她有了交集。是她在我们的人生旅途中陪伴我们走过精彩的一年，还是我们伴随她在中国的最后一段时间留下美好回忆?

记得大一开学伊始，班长给大家发送消息，说外教想要见我们。那时我怀着期待而又忐忑的心情，然而见到了 Hinger 时，心中褪去了所有的不安。她亲切的笑容和话语，总是能够让人放松下来。上她的课总是轻松自在，唱歌、表演话剧、对一个主题进行探讨，是她上课的主要形式。从娱乐中学习，享受语言的魅力。Hinger 总能带给我们对德语的热情和对人生的感悟，她使我们不断了解德国每个州的文化和历史，给我们介绍德国著名的景点，并给我们留下许多问题，教会我们思考。这是我们从她的课堂上感受最深刻的技巧：人需要在生活中不断思考，才能对自己有新的认识，并不断进步。

2011 年的圣诞节对于我来说，是最特殊的一次。不再是街上四处挂着的彩灯、橱窗内装饰着的圣诞树，也不是 KTV 里通宵的狂欢，而是在外院并不算大的教室内，每个人都参与其中的圣诞晚会。我们这些大一的孩子，在台上流畅地将整个耶稣诞生记演完的时刻，之前背台词的痛苦已经完全算不了什么了。圣诞节，在我生命前20年的认知中，无非是一个热闹并充斥着各种优惠活动的西方节日，然而在那天晚上，看到坐在角落里 Hinger 嘴角那仍有些生硬的微笑时，我忽然意识到，这个日子，应该是她和家人在一起，装饰圣诞树，吃丰盛的圣诞晚餐，给孩子们准备礼物的日子。此时此刻，我只愿我们这群孩子最真切的祝福，能够给她带去如家人般的温暖。

爱与感恩

这个每天都笑着的老太太热爱所有的学生，对每个孩子，她都倾注了同等的爱意。当她在课堂上告诉我们，她有很多干儿子和干女儿的时候，眼中闪烁的，是满满的幸福和骄傲。她从不吝啬对学生的赞美和肯定，我始终记得，在我花了很多时间背罗蕾莱资料并在讲台上流利地介绍下来后，她笑着对我说“非常好”，并在课后送我一本《德国文学简史》的情景。

这位喜爱哲学、文学和历史的德国外教，带给我的不仅仅是德语和生活的乐趣，更是不变的爱与感恩。她给了我许多德语原版的历史资料和笔记，并告诉我，喜欢历史就要将这个兴趣坚持下去。

我想，她要让我明白的，并不仅仅是书上那些枯燥的数字和事实，而是在这些被后世人称为历史的事件中，显现出来的所有美好的事物，并从中学会对生活、对他人，抱有最真诚的爱意和感恩之心，一如她所一直坚持着的那样。

Hinger 同样热爱教学，她将几十年的时间奉献给了讲台和教室。在课堂中，她教会了我们热爱生活，同样地，对待他人，要保持最真诚的爱意，不论现实有多艰难。在她站在讲台上，告诉我们，人生的意义在于不断地帮助他人的时候，我蓦然想到了罗曼·罗兰的这句话："唯有心灵能使人高贵。"她在自我简介中写道："我的

Hinger 女士和学生们合影

人生之旅上有几个重要站点：厄瓜多尔，我在那里随安第斯山的印第安人认识了一种非常古老的文化，然后是有着多彩活动和缤纷生活的印度，以幅员辽阔而吸引我的非洲诸国、美国、俄罗斯、欧洲，还有菲律宾。随处都会发现人们身上某段关于占领与剥削的悲伤往事的遗痕，到处都能找到待我亲如兄弟姐妹的人们。我在这个世界里游历得越久，它对我来说就变得越小。”她的足迹并不只在中国，她的课堂也不只在山大。我想，她在不断游历的过程中，已然深刻地诠释了那句话的含义。

12 厘米的距离

Hinger 始终坚持着，以最本真的心态，最宽容的胸襟去看待这个世界，去感受这个世界。如今的她已从德意志学术交流中心退休，始终热爱教学的她却不曾停下自己的脚步，而是去了厄瓜多尔，继续做孩子们的老师。

回首这一年与 Hinger 相处的点点滴滴，却发觉这一切是如此的短暂，然而，当我们想到她时，这个带着笑容、慈祥和蔼的老人便如同从不曾离开，一直在我们身边，带给我们幸福和快乐。我想，没人能忘记那一天，那个黑色夜幕下静谧的夜晚，在体育馆不断闪烁着的彩色背景下，我们跟随 Hinger 走在中心校区，用不标准的德语跟读她所指示的单词——自行车、红色、体育馆……学习一个个词汇的情景。同样地，我也永远不会忘记，在最后一节会话课，大家面对着她几乎泣不成声的情景。

偶然间翻开我的一本地图册，厄瓜多尔和中国济南的位置相距 12 厘米。或许，在这 12 厘米跨洲越洋的距离中，Hinger 已经给人们带去了诸多的快乐和幸福，而在这 12 厘米之外，她带给世界的，也将是更浓重的爱与感恩。

此刻的我坐在空旷的自习教室里，看着窗外投下大片阴影的梧桐树，不期然地想起，在此刻厄瓜多尔首都基多那四季如春的高原上，是否会有个溢满幸福笑容的老太太，带着一群活泼而充满朝气的孩子收集树叶，抑或弹着吉他和孩子们唱着当地动听的民谣……

（作者单位：山东大学）

魅力广西

文 / 迈克尔 · 约翰 · 布朗　译 / 李艺雯

迈克尔 · 约翰 · 布朗

我在北欧工作生活了许多年。那里经常连续几个月阴云笼罩，日月星辰都不得见。在灰色的天空下，我们终日在灯光昏暗的工厂里工作。难得出一次门，却赶上狂风暴雨，雨水弄脏了衣服、头发和全身，刺骨的寒冷挥之不去。我们的食物是由飞机或货船从赤道附近运来的，肉类、鱼、蔬菜甚至是水果全部是罐装加工食品，从来都不新鲜。

在电视上、书中或者是网上，我们看到一些地方阳光普照，丛林茂密，水果新鲜，海产丰富。异国土地上的人们被阳光和蓝天滋养，被大自然的风情包围，脸上洋溢着欢乐，生活和谐幸福。我的心底因此唤起对中国的向往，我渴望能帮助中国人与英语国家的人进行交流。

就像命中注定的一样，一个去南宁工作的机会摆在了我面前。南宁是一座名副其实的“绿城”，充满活力、欢乐以及独特的亚热带风情。一到这里，我就被友善、温和、彬彬有礼的人们欢迎着，而这些人在日后都成为了我热爱并尊敬的朋友、同事以及学生。在阳光明媚的天空下，我每天都快乐地教课，并同时向学生们、朋友们和同事们学习着。我辅导这些聪明、求知心切的学生们英语，同时，他们也让我见识到这片神奇土地上引人入胜的社会、文化和文明。

下课以后，我们会在露天吃饭——这在北欧几乎是不可能的。我很快就适应广西的饮食：南宁“老友粉”——由米线、生菜和一种有特殊辣味的猪肉做成，营养丰富；什么时候喝都可以的喷香扑鼻的皮蛋粥；玉林馄饨，一种美味的当地小吃，海鲜和猪肉的独特香气会在你咀嚼时慢慢品味出来。在晚上的烧烤摊上还能吃到姜蒜烤蜗牛。这些只是餐馆和路边摊菜肴的一小部分，还有一些更令我惊奇。在这里，一种完全不同以往的感觉从心里油然而生。对我而言，西餐只是果腹，而中餐才滋养了我的身心，让我感觉到前所未有的对未来的平静与自信。

周末，我会上街逛逛，我发现整个城市都充满了幸福感、安全感以及平和感。广西就是一片净土，这里的人们显得无忧无虑。

我有幸参观了宜州。这座小城的风土人情把我带入一个美不胜收的神秘仙境。传统歌舞表演“刘三姐”仿佛把我拉回记忆中的旧时光——那时人们与地球和谐共处，清风拂面，星明万里，与北欧如今的现代化面貌截然不同。搭乘木筏在古龙河中漂流，我产生了一种彻底回归自然的愿望。我欣喜地感受到一种人类与大自然和谐共处的崭新的生活方式，我渴望把这种感受与全世界分享。

后来，我搬到了钦州市，在广西英华国际职业学院当老师。一开始我就感受到我的同事和学生们的热情友好，这里开启了我人生的新篇章。原汁原味的自然风情深深地吸引了我，我在这里一待就是好几年。

我对中国的教育工作者深感钦佩。他们辛勤工作，诲人不倦，使学生取得好成绩并且成为社会需要的人才。这一切使我迫切地想把英语教好，因为对这些学生而言，英语将会成为他们每天生活中必不可少的技能。我希望他们能用英语和来自世界各个国家和地区的人们顺利地进行交流，因为英语是全球通用语言，在商务、外交、贸易以及文化领域都会用到。我决心用一种特殊的方式——语言，为我的学生和中国人民打开与世界的交流之门，让他们能与共同生活在这小小地球上的其他数十亿人进行沟通。

我看到学生们每天都有所进步，正如我不断强调的目标——“决不屈服，决不，决不，决不！”我鼓励他们努力学习，遇到问题迎难而上，学习一门新语言就如同一场战役，要全神贯注，用意志力赢得与字母、拼写、语法和读音的斗争——终有一天流利的英语会为他们打开眼界、开拓视野，面向日新月异的新世界。他们的生活

迈克尔·约翰·布朗与学生在一起

轨道会因为掌握了一门新语言并了解英语国家人民的文化而产生翻天覆地的变化。

我意识到改变世界的任务对任何一个人而言都太重要了。我与一群教育工作者工作在一起，努力使学生们能和说英语国家的人们进行沟通交流，而这些国家的人民恰恰迫切需要新方法和新手段去改变他们社会混乱的现状，并且重振已经落后的工业。语言使人们产生距离，但终将变成把世界连接在一起的桥梁。人类现在仍被一些陈旧的生活方式所困扰，通过英语这样的纽带，可以使那些饱受困扰的人们接触到世界上正在发生的积极变革。广西正在打造一条可持续发展的道路，向具有文化底蕴、充满活力、和谐发展，爱、生活以及健康富足的美好未来前进。

欧洲有一句老话是这样说的：“不经历风雨，怎能见彩虹”，但在广西我却看到“不经历风雨，就可以见彩虹”。这里的文化极具包容性和接受度。在中国生活并且工作使我受益匪浅，使我完全改变了对生活的看法和态度。在这里，我发现了“人间天堂”。

他的中国心

——记兰州大学外教马修

他，在兰州待了10年，自称是兰州人。他，最大的理想就是拥有中国国籍。他，最爱弹着吉他唱《我的中国心》。

文 / 李红敏

第一次见到马修是在研究生口语课上。那天，大家都早早地坐在教室里，期待着金发碧眼的魅力外教出场。伴着上课铃声，马修带着他特有的微笑上了讲台。刚开始真是有些诧异，并且失望——首先，他有些胖，跟英俊帅气一点都不沾边；另外，最重要的是，他明明长着一副中国人的脸，黄皮肤黑头发，和我们期待的长相相差甚远。大概是已经从大家的眼中看出了疑惑，并且显然不是第一次遭遇这种眼光，马修开始自我介绍，一开口居然是纯正的美音。他告诉大家自己是加拿大人，来兰州很久了，接着便夸张地模仿起大家刚才的诧异表情，把同学们都逗笑了。马修紧接着故作严肃地声明："我只是代一个澳大利亚的美女老师来上课的，就几节课，以后你们还会有机会见到异域风情的老师。"说完，自己忍不住先笑了。

这就是仅仅陪伴了我们一个学期，却会影响我整个人生的外教——马修。

我们对马修的失望并没有持续多久，实际上第一节课就已经开始融入他营造的轻松自然的口语课氛围中了。慢慢地，我们也开始相互了解。他在之后的课中不时强调自己的祖先是中国人；在加拿大长大的他并没有迷失在多伦多五彩斑斓的街道中，而是要回中国，祖先的召唤使他心意已决。从加拿大到香港、到广州，他一步步踏上归乡之路，最后，来到了兰州——中国的几何中心。

选择了兰州，马修就再也没有离开。他现在自认为是兰州人，已经适应了这里的干燥和风尘，每周去黄河边钓鱼，每年夏天还要去兰山露营，并且也离不开兰州独有的拉面。

他可以讲流利的中文，但是，为了帮学生营造语言氛围，马修的口语课上只有一种语言——英语。他的课堂是带给我们感动和传授知识的圣坛，又是一个我们畅所欲言的平台。这里不仅仅有中国学生，还有俄罗斯、哈萨克斯坦、日本、韩国的学生。我们在马修的引导下，畅聊世界文化、风景名胜、人文风俗、家庭与爱。他教给我们最多的就是“爱”，他描述的爱是最无私、最宽广的爱。他说，爱不是两个人简简单单叠加到一起，一加一等于二，而是每个人放弃自己，全身心地融入另一个人的生活；是两个二分之一重新组成的一个“一”。只有面对这样的爱，很多家庭矛盾、社会冲突才能真正化解。

他固然把自己当作中国人、兰州人，但又能从一个旁观者的角度谈论对中国和兰州的感受，给我们的思想观念带来冲击。他鼓励我们在课堂上多交流中国的传统文化和艺术，每每有同学讲到中华博大精深的文化底蕴，他就会感慨一番，自豪和我们一样，拥有黑

弹着吉他唱歌的马修

眼睛和黄皮肤。但是，他也会一针见血地指出中国人的很多缺点，有时候会跟我们探讨为什么很多人不遵守交通规则、随地吐痰；为什么街道上很多英文标识是错误的；为什么有人在封闭的车厢里抽烟却没有受到制止。我们总是能讲出很多理由。对此，他会说一个词："态度"。他最注重的就是态度，每次让我们写一点东西，哪怕是一句话，都要强调：一定要自己认为完美了，再拿给老师看。我们很多时候就是缺少端正认真的态度，所以才会失去很多机会。

他了解中国式课堂的不足，所以鼓励我们在课堂上发言。他鼓励所有的人，无论口语流利或者磕磕绊绊，都要善于表达自己的观点、善于思考。他鼓励我们每天说一句英语，期待奇迹的发生。

马修经常给我们谈他的梦想。他经常以马丁·路德·金自比，说自己的梦想跟他的差不多，就是让我们"出名"。他给我们描述：每天说英语，不管是在课堂上还是在生活中，那一个班级就会影响整个学院，一个学院就会影响整个兰州大学，我们就会因此"出名"。这时候我们就会打断他，说那样你也可以出名了。他笑笑回答说："当然！"

他自诩说，"兰州最好的英语角"，甚至"中国最好的英语角"就在他家。我们要去的话必须提前打电话预约，因为总是有同学在他家享受"最好的英语角"；另外，也是最重要的，他希望我们学会跟外国人在电话里沟通。马修的公寓很小，并且被塞得满满的，要是五六个同学一起去，就得挤在沙发上同坐着小板凳的马修聊天。但他乐此不疲，因为他喜欢大家主动去这个“最好的英语角”练习口语。

只身一人在中国的马修经常给我们看他家乡的照片——加拿大的街道、河谷，刚从河里打上来的大鱼，洋溢着笑容的家庭合影。他喜欢钓鱼，因为这个我们经常取笑他像个老人。黄河里面都没有大鱼，但即使是钓小鱼他也每周都会去。

他常说，当你找到了生活的真谛，就会发现生活的美好。我相信，他找到了生活的真谛。

他爱弹吉他，最爱唱的歌是《我的中国心》。一学期总有一节课，大家听着马修圆润的嗓音，配着清脆的吉他和弦，眼睛湿润了。（作者单位：兰州大学）

一个美国人的塞上小城情结

文 / 薛青峰

宁夏石嘴山市这个偏远的塞上小城什么时候来了外国人，大概谁也记不清楚。掐指一算，外国人应该是随着宁夏理工学院的建立才出现在街头的。当然，最早有企业与外商有更多的交流，外国人来往频繁，或者考察，或者访问，都是行色匆匆，没有留下履迹足痕，在老百姓心中没有音容笑貌。作为纯粹的文化人，都没有宁夏理工

丹尼斯与小区居民在一起

学院的外教在小城住得长久。更准确地说，外国人来到我们的城市，不管是商人、官员或文化人，都应该是改革开放以后的事了。

丹尼斯（Dennis Needham），是美国伊利诺依州人。教育学学士，受美国“中国之友”协会派遣，于2003年8月至今在宁夏理工学院任教。丹尼斯是一个纯朴和蔼的美国人。他在宁夏理工学院任教的九个年头里，深受学生欢迎。他颇像白求恩，学生就以此敬称他。他的年龄六十有余，我就按中国人的称呼叫他老丹。他喜欢摄影，用镜头记叙中国老百姓的生活，可以说是一个行走摄影家。他经常去“快美”照相馆洗照片。每天早晨他准时走进永欣园小区一家包子铺去吃包子。丹尼斯是我们城市的荣誉公民。我们城市的许多人都熟悉他，许多家长把孩子送到他那儿学英语，他按年龄把孩子们分成大小班，和孩子们一起郊游、玩游戏，在情境中教孩子们学口语会话。他的教学完全是义务性的，从不收取费用，与时下中国的英语教师课外补课形成鲜明对比。他在永欣园小区开辟了一个独特的英语社交圈。提到他，人们都说，哦，是那个老外吗？很有意思的一个老头。

2008年12月19日，由宁夏回族自治区人民政府主办、自治区人事厅、自治区外事办公室和自治区外专局共同协办的宁夏“六盘山友谊奖”颁奖暨外国专家新年招待会在银川举行。丹尼斯荣获此奖。他在授奖词中说：“该奖项象征着宁夏政府和人民与获奖者之间的情意。它意义重大，远比一项宏大的建筑工程、一拨富有竞争力接受过训练的学生毕业庆典、抑或是水果和蔬菜大丰收的意义重大得多。在宁夏工作期间，我已经与身边的人们结下深厚的情谊。在异国他乡，我已找到了好朋友，或许更像亲人，与之同甘苦、共患难、相互帮助，相互包容。”丹尼斯在宁夏石嘴山生活，找到了归属感。2005 年，我与丹尼斯相识，虽然时间不长，但我深深地感受着他的石嘴山情结。

课余时间，丹尼斯背着照相机，走遍了大武口的大街小巷和乡村的田间小路。他热爱自然，经常去爬山，登上贺兰山顶峰，摄取贺兰山的风光。这座光秃秃的石头山，在他心中颇有几分情趣。他的镜头告诉我，他在一座山间小憩，石头太过光滑，有几回差点滑下去，非常难爬，瞬间的情绪只有镜头会说话。在汝箕沟的深山里，他饶有兴趣地采蘑菇，野蘑菇的香味长久地留在了唇齿间。贺兰山上的一块巨石就像人手的一部分，拇指和其他伸出来的两根手指像在抚摸蓝天，是抚摸，也是礼赞。山脚下有向日葵、小麦和脱粒机。他说，多少群山伴随着岁月见证了老百姓生活的场景。

现在，丹尼斯是大武口永欣园小区的一户居民。他从自己居住的 3 号楼向外眺望，贺兰山、校园、工厂、街道、人流、公寓、森林公园、庙宇，一派新气象尽收眼底。每天早晨，他打开窗户，感受明亮的一天的来到。3 号楼的后面树木茂盛，小径曲幽，饶有趣味，是丹尼斯的后花园。丹尼斯时时爬上楼顶向远看，有老旧的房子以及狭窄的胡同，也有新建的公寓，远处是坟山，有些在变，有些则是永恒的。在午休的那段时间里，拾荒者在后花园的树荫下兴致勃勃地打牌。到了周末，丹尼斯上街，购置一些日用品，他与小贩讨价还价，市场上会爆发出友善的笑声。青山公园里遛鸟的老人、百花市场看自行车人、街头的象棋摊子都进入了丹尼斯的视野。他参加中国朋友的婚礼，用镜头记录了婚宴、瓜子、糖、白酒还有香烟。他说婚礼的名目大多是为了一个隆重的仪式和朋友们聚会吃饭。他认为青山公园里唱戏的是京剧表演家和演奏家。一位老人和小孩在聚精会神地听京戏，让他感动。

丹尼斯摄影作品——手指

冬天下大雪，丹尼斯走上街头，和他的邻居们一起铲除厚厚的积雪。他是社区的文明公民，看到杂物、垃圾、纸屑、塑料袋总是会捡起来扔进垃圾桶。朝阳街在丹尼斯心中是美丽洁净的，中国人的生活在丹尼斯心中是安详、宁静、和平的。

这是丹尼斯眼中的小城市。丹尼斯眼中的乡间是什么样的?

2007 年暑假，丹尼斯驱车去惠农区，车速较慢，他举目注视着沿途的一切。公路上有勤劳的放蜂人。几台联合收割机轰隆隆超过他的车。一个人赶着驴车悠闲自得地行进在宁静的美景中。

田野、向日葵、晒干的玉米、晾晒的枸杞、丰收的洋葱、牧羊人和他的羊群吸引着丹尼斯的眼睛。丰收的庄稼承载着农民的那一份辛劳与喜悦。

在礼和，丹尼斯和孩子们一起过儿童节，他说，孩子们的演出展示出了极大的热情与和谐。

在惠农区汽车站，他看到售票员在暖洋洋的下午悠闲自得。惠农区被拆迁的房屋很多，新建的公寓拔地而起。

在石炭井的一所小学，丹尼斯与宁夏理工学院的毕业生一起给小学生上英语课。

到平罗赶集，他看到人们汗流浃背地为几千人准备午餐，旁边是烧菜用的大锅和大桶。

在汝箕沟沟口，他看到煤场的工人装车的情景。

在红果子，一个农民拉着一架子车玉米秆回家。一台太阳灶摆在院落，给生活增添了现代意味。

丹尼斯的镜头也真实地记录了宁夏理工学院的校园生活。

他赞美说，宁夏理工学院的旧校区是以群山为背景的，是学校舞台的一部分，绿荫蓊郁，山峰，夕阳，宁静得让人冥想沉思。多么富有诗意啊。他描述宁夏理工学院新校区的芦苇在午后的阳光中优美地闪烁，他称其为会思想的芦苇。

丹尼斯幽默、诙谐，美国式的体验教学灵活多变，给学生留下了深刻的印象。学生毕业，纷纷约丹尼斯与自己合影留念。学生们记住了丹尼斯的生日，到了那一天，抢着给他过生日，送生日蛋糕。学生问他吃什么，他用中国话说，饺子。来中国，他最爱吃的是中国的饺子。学院召开运动会、举办文艺演出，丹尼斯就是专职的摄影师。

有一次，丹尼斯病了，我去看望他，他兴奋地给我讲述一组镜头的意境：在一个特别有意思的夜晚，王洪伟、阿曼达、弗兰克在跳藏族舞蹈，王万智和苏莹莹在唱歌；运动会上，跳远比赛正在进行，一个运动员如大鹏展翅一样从远方跳来，一个运动员在冲过长跑的终点线时栽倒在迎接他的同学的怀里。万圣节来到，英语专业的学生把一个南瓜雕刻成“杰克的灯笼”；在中午休息时间里，各系部门安排了一场精彩的排球比赛。

丹尼斯还用镜头记录了宁夏理工学院的学生对汶川地震受害者的同情与鼓励，并自费把照片冲洗出来，送给学生和教师。

丹尼斯是一个普通的美国人，他以普通人的身份融入中国老百姓的生活。他和宁夏理工学院的教师一起每天挤公交车上下班，没有丝毫的特殊之处，要说特别，就是教师们对一个美国人的那一份尊重；要说特别，就是他每天背一个看起来很重的背包，走路很快，仿佛永远在赶时间。他举起的镜头有广阔的民间视野，他的取景框里大多是中国老百姓的生活场景，有说不尽的生活实质。我曾请丹尼斯吃过三次饭。第一次是在西村莜面馆，丹尼斯很高兴，说，这个饭馆很有民族特色，夸我很会选饭馆。第二次，我又请他，他谢绝了，说那样太浪费。第三次，我听说他爱吃饺子，尤其喜欢和朋友们在家里一起边聊天边包饺子。我想请他来家里包饺子吃，但又觉得麻烦，就请他到郭明臣饺子馆。他欣然答应，我赞美他的摄影有民间情怀和悲悯情怀，他幽默地回答："我们都是普通人，你不是国家主席，我也不是美国总统。"丹尼斯节俭而朴素，大家都吃不动了，他说，要吃完，不要浪费。说着，把剩下的两个饺子送进了嘴里，并对我说，谢谢你。

其实，我更应该感谢丹尼斯，是丹尼斯的力量征服了我，是丹尼斯的执着和在石嘴山生活的情结鼓励我表达这种心意，这种跳动而飘忽的情绪。2009 年，我抓住了这种情绪，借助丹尼斯 60 多幅照片，写了一部散文集。丹尼斯是我一生这么近距离地接触过的第一个外国友人，也是唯一的外国友人。在没有认识他之前，每次他从街头走过，我都会远远地看着他的背影。我们成为朋友以后，没想到他是这么一个简单生活、热情直率的美国人。他喜欢摄影，但不是那种纯粹的艺术摄影。我第一次看到他的作品，有些忧郁，还有些伤感，彻底被这种民间力量所震慑。因为我曾经也举起镜头捕捉我的所见。现在，凝视丹尼斯的作品，我便萌生了一股冲动，想将这些视像转换成文字，用语言表达这种幽静的心灵，这种跳动而飘忽的情绪。通过翻译，我说明了我的愿望，丹尼斯立刻欣然答应了，几天后他掏出一个 U 盘给我，其中包含着他所有的摄影作品。我尽我的视角理解挑选，运用于笔端。于是，一个美国人的民间视野和一个中国人的情怀就这样结合了，我给这部散文集起名叫《回家的门》。丹尼斯格外喜欢这部书。

这部书的出版就算是一个美国朋友在石嘴山生活的纪念。（作者单位：宁夏理工学院）

遇到你，我是如此幸运

Keller 的出现，让我忘记了直面外国人的紧张。每次发言我都知道她那如妈妈一般的目光会在那里守候，给我勇气。

文 / 丁晨

我尚记得，六岁时的我，在山城第一次见到“老外”时，那种又兴奋又紧张的心情。一个大眼睛、高鼻梁，一头银灰色头发的男人，亲切地对着我们说了声“Hello!”我和一群小伙伴尖叫着跑了，事后还为“那个‘老外’究竟是向谁问好”争个不休。那时，我甚至不知道还能给自己起一个英文名。

中学时代的我，和大家一样，坐在课桌前跟着老师大声重复着英语生词，在各种各样的选择题和阅读题中“学完”了英语。但对我而言，英文仍是一门“有口难言”的语言。只是再次看到“老外”，除了不会惊叫着跑开，心情和六岁时无异。

我猜想，上了大学，我的英语老师里一定会有外国人。刚踏进大学校门的我，担心怎么才能让自己的口语不要显得太尴尬。却无法预料，我会遇到她，那个一旦走近，你就无法跑开的人。

认识 Keller，是在 2012 年 2 月，在此之前，大二的我已经上过好几名外教的课。他们当中有严格的墨西哥老先生，也有帅气的美国小伙儿。但他们都只是我的老师，我从未在课后和他们说过一句话。他们负责公共课，教着成百上千的学生，永远不会记得这些极为相似的华人面孔中的那个我。但 Keller 在第一堂课上就记住了我——倒不是因为我很特别，而是她记住了全班同学的名字。

等所有人都坐好，她就要求每个人轮流将自己的名字告诉她。从左到右，从前到后，每三四个人说了自己的姓名，她就认真记下，

Keller 与学生一起编排短剧

并大声重复这些名字。直到她确认记下了，再请下一批同学。就这样，5 分钟后，她深吸了一口气，指着第一位同学，大声讲出他的姓名，接着是第二位，第三位……全班近 30 位同学的姓名，她全部记了下来。“Jenny!”当她念出我的名字时，我的心一震：这是第一次，一位外国老师，不看点名簿就叫出了我的名字。

第一次见到 Keller，初春时节她就穿着单薄的毛衫和裙子，我心中还想是不是外国人比较抗冻。其实，Keller 的热情足以融化寒冬。大家都说，Keller 是最有热情的人。可能 Keller 在学生时代学习过舞台表演专业的缘故，她很擅长展现夸张的音调和姿势。常常在英文采访课上，她有时模仿英国人或美国人的口音，有时又学印度人说话的样子，逗得大家哈哈大笑。或许对她而言，生活就是舞台，对待他人也要像舞台表演一般，投入全部的热情。我喜欢在人群中被 Keller 看见的时刻，她一定会大声喊出我的名字，然后走近问好。和她在一起，常常会招来好奇的眼光，因为她爽朗的笑声，能够感染周围的每一个人。

不知道为什么，Keller 似乎有一种魔力，让我顿时忘记了直接面对外国人的紧张。当我开始说话时，她那双美丽的棕色眼睛就认真地看着你，仿佛连眼睛都在倾听。当我因不知道如何表达而窘迫时，她一定会叫我一声“宝贝”，就像妈妈一样。我第一次在她面前紧张得涨红了脸，她对我说：“英语是你的第二语言，你正在学习，你没必要要求自己把英语说得像汉语那样流利。你看我，我是美国人，我会说的中文词汇还不超过十个！”从那以后，每一次发言，每一次课堂演讲，开始前我都习惯性地看她一眼，我知道她那如妈妈一般的眼光会在那里守候，给我勇气。

她没有孩子，但我觉得她能让所有孩子都喜欢她。除了上课，她会尽可能地多抽时间和我们在一起。她主动提出调整工作时间，以便用那些时间多做一些交流。她可以想出各种各样的游戏，即使没有任何道具，她也可以让我们在游戏中找到乐趣。她给我们编排短剧，从格林童话到莎士比亚的戏剧，她教我们怎么诠释角色。有一次，她为我设计了一个有点疯疯傻傻的店员角色，到我表演时，我害羞得不敢把台词夸张地念出来。她为我示范了五遍，每演一遍就鼓励我一次。最后，我放开胆子把台词嚷着说出来时，我听到那极有 Keller 风格的、独特的笑声。她鼓着掌跑到我面前，告诉我她爱死了我的表演。

那时我住在厦门大学漳州校区，Keller 每一次课后都抽出时间过来给我们办活动。因为必须从厦门搭船过来，所以必须早起，还要经历一个多小时的路途颠簸。但每当远远地看到我们，她就一扫疲惫，兴奋地喊着我们的名字。我告诉过她，我之所以选“Jenny”作我的英文名，是因为小时候看了电影《阿甘正传》。电影里叫 Jenny 的女主角并不是一个完美的女孩，甚至有各种各样的不足，但在阿甘眼里，她是一个天使。我当时觉得，Jenny无比幸运，“Jenny”是个让人感到幸福和甜蜜的名字。而每一次，当Keller亲切地叫我的时候，我感觉到这一瞬间，这名字才显得无比可爱。

Keller不仅仅是一位老师，还是一位旅行者。虽然她是第一次到中国，但在那之前，已去过很多国家：法国、印度、斯里兰卡、日本……当我得知她在日本待了四年，我便开始和她聊起来。从很小的时候起，我就对日本感兴趣，我喜欢和去过日本或喜欢日本的人聊天，但之前从未想过用英文。庆幸的是，两个有共同话题的人，语言不再是障碍。我现在仍然记得，她得知我旅行去过日本时那兴奋而又期待的眼神。

我和Keller谈黑泽明，谈温泉文化，告诉她我眼里的东京；她也在地图上圈出她在日本待过的地方。从那以后，每当她嘴里冒出日语就要笑看我一眼，有时和我打招呼也特意用日语，好像这是我们两人之间的密语，彼此会心一笑就有了默契。2012年秋季开学，在楼道里遇到她，她兴奋地告诉我暑假回了趟日本，还特意给我带了礼物，还告诉我，在日本的时候，常常和朋友提到一个爱日本文化的中国女孩：Jenny。

那一瞬间，我不知道如何用英语告诉她：在中国，来自两个世界的人能相遇，能共度美好的时光，并能彼此珍惜这段友谊，这是缘分。此时我心中满怀感恩，以致突然不知所措。我只说了一声“谢谢”，希望她会明白，不大擅长表达的中国人，一句感谢的背后有太多难以言说的内容。我无法让她明白，为何中国人感叹两个人能够成为朋友会说“真有缘”，但我那时却明白了西方人为何常说“感谢上帝！”我是真心感谢上帝的安排，让我能遇见她。我收获的不仅是敢开口说英语的勇气，更是一个好朋友。

人生的际遇，往往很神奇。我想象 Keller 向朋友们介绍我的时候，当她说出“Jenny”时，我已经走进了她的生命。当她和别人谈到中国的经历时，会想起我。就像每每想起那段与她共度的时光，想起她叫我的样子，就会感叹：Jenny，真是个幸运的女孩。（作者单位：厦门大学）

“汉字叔叔”理查德

理查德穷20年之功，耗费大量的精力和金钱建立了一个开放性的汉字字源在线查询系统，为探究汉字源流提供了极大便利，其实用性受到许多人的肯定。

文 / 吴益超

理查德·希尔斯在他的书房里

提问是科学精神的第一步

2013 年年初，笔者在北京师范大学一间狭窄的办公室里采访了 62 岁的理查德·希尔斯。尽管理查德只有美国波特兰大学物理学学士学位，但他过硬的物理学功底还是让北师大的学生领悟到了他教授的物理学精髓。尽管过去几十年将心力全部倾注于汉字研究，理查德还是会抽空继续物理的学习，这是他的兴趣所在。

在他看来，研究汉字和物理都是科学研究，需要用科学的精神来对待，因此，“物理学是我在汉字之外最大的爱好”。

其实，自童年起，理查德就对物理学怀有浓厚的兴趣了。小学五年级时，物理老师问他，原子是什么组成的。他回答说：“中子、质子和小妖精。”老师觉得他把核外电子描述成“小妖精”特别新鲜，于是将他留下来，和他单独谈论原子知识。

这激起了理查德对物理的强烈兴趣。他后来一度对迷魂药有兴趣。再后来做大麻和鸦片试验，看哪一种让人更上瘾。1971 年，这个不安分的年轻人开始世界旅行，以致他大学断断续续读了 7 年才毕业。

由于性格的原因，理查德很看不惯那种填鸭式的教学方法。他说他在北师大教授物理以来，看到了两种不同的学生：“一种只会背书，告诉他什么都点头称是，但另一种人却会问我：‘为什么你说的是对的？’”理查德说，就像大多数人不关心汉字的起源和演变一样，中国缺乏“问”的精神，而这就是科学精神的第一步。

一个学生曾对理查德说，希望“为科学而学科学”，这让理查德感到新一代中国年轻人的特殊之处——“50年前这样的孩子很少，现在却越来越多”。

青年时的理查德曾问自己，如果有机会获得所有的知识，但却一生寂寂无名，或是只获得部分的知识，却成为公众明星，自己会选哪一种？他很快选择了从事前者，并用人生印证了这一信条——30余年默默无闻的汉字研究，访遍中国各地搜寻古汉字书，创立汉字字源网，汇集了9.6万个汉字的字形信息，并详细分析了其中6552个字的来源和演变。

以科学的精神向汉字起源发问

理查德因为对汉字的痴迷研究在2012年被冠以了“汉字叔叔”称号。可在此前，他的汉字字源网已经稳定运行了10年，其间访问者无数，主要是一些汉字研究者和爱好者，外国人居多。“学汉字的人都知道这个网站。”理查德很自豪地说。

但他也注意到，中国社会和媒体对他以前工作和生活兴趣的关心有时要高于研究汉字本身。

出生在美国俄勒冈州一个保守的基督教家庭的理查德，18 岁不顾家人的反对离家出走。频繁出行，拒绝循规蹈矩的工作和生活，令他的婚姻两次破裂。但他秉性不改，常常工作一年甚至几个月就辞职出门，在蒙古、俄罗斯、印度、缅甸和中国大陆……寻找他喜欢的故事。“我每天醒来都不知道自己要往哪个方向走，全凭我感兴趣的东西为我指引方向”。

在台湾，他接触到中文，并与一位家中排行第三的台湾女孩结婚。女孩小名“三毛”。当他看到台湾作家三毛在撒哈拉写书流浪时，他给她写信，并去非洲看她，因为“非洲是我向往的地方，而台湾的三毛又和我妻子叫一样的名字。”后来，他还把三毛的《哭泣的骆驼》和《撒哈拉的故事》翻译成英文，“她是个又自由、又聪明的人。”

理查德 22 岁时第一次接触中文。2002 年开始，他把以前所搜集整理的汉字和词条输入他的网站，从甲骨文到《金文编》《六书通》《说文解字》所收录的汉字，逐个扫描上传。从已知信息看，他办的这个网站可能是第一个关于汉字字源的在线查询系统。

理查德说，他当初是为个人兴趣而研究汉字的，后来，收录的汉字多了，研究有价值了，就放进互联网保留下来，供别人免费使用。目前理查德的数据库约有 100 万条资料，包括 9.6 万个汉字以及它们的字形演变和声音资料。

“理查德做了一件了不起的事！”“这老外的工作让中国人钦佩。”他的同事说。

不会因为压力去做不想做的事

而在中国复杂的网络环境中，中美文化的差异则导致了另一种舆论导向：因为汉字字源网在显要位置设置捐款信息，就有人据此断定，“汉字叔叔”是来中国“圈钱”的骗子——“郭美美”事件后，“捐”字已经成为一些人眼中的敏感词。

对这些质疑，理查德或许已经习惯了，长时间与中国媒体打交道以及“蜗居”天津的经历，使他知道一些人总是只关心和“钱”有关的话题。

“中国社会竞争压力很大，但人仍然应该有自己的爱好。”他希望这些能从中国的孩子开始改变。再次谈到那个“为科学而学科学”的学生，理查德认为，对待事物可以有两种态度，一种是为爱好，一种是为工作。前者无法带来收入，但却有心灵上的收获，“如果没有爱好地活着，人便不会再进步”。

为了爱好，年轻时的理查德曾去过世界上很多地方：加拿大、俄罗斯、印度、缅甸等。如果囊中羞涩，就停留下来找份工作，攒钱再继续旅行，直到停下来研究汉字的那一天。

尽管2012年曾一度困扰他的签证难题，已因为北京师范大学的聘用合同而暂时解决，但这只有1年，今年是否能再与校方续合同，还要看接下来的教学工作是否令人满意。理查德在美国时的朋友大多已是普通人眼中的成功人士，其中不乏博士学位拥有者。理查德说，自己虽然挣得不多，但绝对不会因为压力去做不想做的事情。

有人说，理查德不够“聪明”，在中国有了一定社会知名度的他，完全可以赚取代言费，或是到一家工作环境更持久稳定的机构工作。事实上，在“出名”后，理查德有过类似的选项，联合国一些驻华组织、中国文化部和人民网都曾有意聘他工作。但就像年轻时没有选择在那家软件公司挣钱一样，理查德最终选择了高校，仅仅因为爱好——汉字和物理。

理查德在向笔者解释“中国科学报”这5个字的来源

“汉字叔叔”说他有两颗心，一颗心中住着一个安静的他，每天都在读书学习，研究整个宇宙；另一颗心中住着吉卜赛人一样的他，四处流浪，结交各种人。虽已 62 岁，却仍对未知世界充满好奇。

如今，“汉字叔叔”在北师大的合同又过半年多了，签证的事又得让他费心。他说：“我想留在中国，继续我的研究，我的心脏不好，已经开过四次刀了，虽然现在身体状态还不错，但是说不定哪一天就倒下啦，我想把自己的事情做完。我已经爱上中国这个地方啦，除了汉字还有美食，北京的小吃，四川的麻辣烫，还有中国的鸡肉饭、麻酱面我都特别喜欢。”“汉字叔叔”说他现在只有一个心愿，想办法办一个工作签证留在中国。

其实，大家都想把“汉字叔叔”留在中国，北京师范大学想，“汉字叔叔”也想。当朋友将他称为传递中国文化的大使时，“汉字叔叔”特别高兴。他知道，如今上互联网已是人们生活中的一种重要方式，他的汉字网受到学汉语的外国籍人士的普遍欢迎。“我很喜欢这个称呼，我希望能继续待在中国，能真的成为这样的人。”“汉字叔叔”说。

兰州大学的波罗的海“大男孩”

文 / 王伟凯

“来到中国，我最大的变化就是把肚子给吃大了。”亚历山大用双手卡着凸起的肚子，笑着说。年近四旬的俄罗斯“大男孩”，一副学院派的黑框眼镜下藏着一双童稚的双眼，一下子就拉近了学生与他之间的距离。

兰州大学

亚历山大是兰州大学外国语学院的俄语外教，很多学生都知道这个老师很“能吃”。跟同学们一起吃饭的时候，大家肯定会把菜单给他，让他去点菜。亚历山大则会把菜单一合，用不太标准的汉语说着：糖醋里脊、日本豆腐、水煮鱼、酸辣土豆丝……这几样都是他最喜欢的中国菜。

一天中午下课后，亚历山大请我们几个学生去吃牛肉面。除了一大碗快要溢出来的牛肉面外，他还给我们每人点了一个鸡蛋，一份牛肉。亚历山大在兰州生活了七年，每天吃饭必不可少的就是牛肉面。几个女同学看着摆在眼前的这份大餐发愁，担心吃不完，亚历山大打趣地说：“来中国，我就学会了‘好客’，你们可一点都不许剩啊！”

他还很能吃辣，一大碟的辣椒往碗里一倒，整个碗里就变得红红的了。只听他边吃边说：“在俄罗斯可没有辣椒和醋。”不一会儿，他就把整碗面，连面带汤一点不剩地给吃完了，然后拍着肚子，显得很满足。

异国情缘

亚历山大以前是彼得堡大学的一名老师，用他的话说是“倒插门”到兰州的。

十几年前，一位姑娘从兰州前往波罗的海沿岸的彼得堡求学。在那里，这位中国姑娘的东方气质一下子就征服了亚历山大，随后两人的感情便一发不可收拾。那时的亚历山大在彼得堡已经有了自己的事业，但是这位兰州姑娘在彼得堡生活半年后，觉得始终适应不了那里的环境，最后回到了兰州。为了追随这段属于自己的爱情，没过几个月，亚历山大辞了工作，告别家人，来到了中国，这一待便是七年。

七年里，他慢慢适应并深深地爱上了这片土地，后来帮助妻子创办了一家公司，有了自己的房子和车子，生活过得很富足。但是由于始终舍不得离开三尺讲坛，最后又来到了兰大教书。

在来中国之前，他们就有了自己的孩子，“孩子至少要学会两种语言，来中国可以更好地学习汉语。”因此他们把孩子也带到了中国。一聊到他们儿子的时候，就会把孩子六岁时的一张照片拿出来让我们看。照片上的孩子很调皮，两位大人也很幸福。

虽然在兰州七年了，但是他去的地方并不是很多，比如敦煌、青海湖等，一直想去可就是没有时间。在兰州大学外国语学院，只有亚历山大这么一位俄语外教，并且要带整个学院四个年级 100 多名俄语专业的学生，而他又非常认真负责，对于每一个学生的作业都会认真批改，学生们在生活上感情上有了问题也会找他聊天。

他喜欢学习认真刻苦的学生，“无论成绩怎么样，只要你认真学习就行了。”作为一个基督徒，他认为，“学习是学生的天职，若不好好学习，是有罪的。”但同时他也不会放弃任何一名学生，有时和那些学习不太好的学生沟通，还不得不找一位学习好的同学去做翻译。

热爱中国文化

亚历山大是研究俄国文学专业的，谈起文豪陀思妥耶夫斯基和托尔斯泰的时候，他赞不绝口。在他的心中，可以离开自己的祖国，但是祖国的文化永远不能离开。如今他从一片文学的海洋游到了另一片文学的海洋，就像是一个饥饿的孩子，吸吮着中国文学的乳汁。

对于中国文学，亚历山大最喜欢的是老舍和鲁迅的作品，一捧起《骆驼祥子》，就再不肯放下了。他说，每次儿子让他一起陪看动画片，他都是边看书边看动画的。不过一直以来遗憾的就是自己的汉语不是很好，不能去读汉语原版书。“不过我有一个好老婆，她是我的好翻译。”说完就哈哈大笑起来。

丰厚的中国文化，对于他来说是一片新的天地，在这片天地里探索新的知识便是他最大的乐趣。每次过节，他都要去岳父岳母家过，春节、元宵节、清明节、端午节、中秋节，一个都没落下过。除了能在这些节日里学习到很多中国传统文化因素，最开心的便是每次都会有一顿中式大餐等待着。好几次过端午节，亲戚们都是把粽子当作点心吃的，他却把粽子当成了主食吃，光粽子就吃饱了。不过他最喜欢的还是吃月饼，每年过完端午节就开始掐算着什么时候过中秋节了。

除了吸收中国文化和中国食物的营养之外，他还有一颗关心中国高等教育的心。前两年在上海召开了一次全球俄语教研报告大会，他做了发言，内容是关于如何加强中国的俄语教育，他希望更多的中国人能够学习俄语，能够了解俄罗斯文化；也希望这些懂俄语的人，能够把中国的文化带到俄罗斯去，让更多的俄罗斯人了解中国文化。

如今，我已经从兰州大学毕业了，在武汉的一所大学继续读研，有时想起这个既可爱又严肃的“大男孩”老师时，还会向在兰大的同学询问亚历山大的近况，有人说他已经不在那里教书了，有人却说还会经常在校园里看到他。

无论亚历山大是否还在兰大教书，在我的心中，亚历山大就是兰州大学众多优秀教师的代表之一，是我每每想起母校时，绕不过去的一个记忆。（作者单位：华中科技大学）

“秀外慧中”组合：中西结合碰撞出的音乐火花

文 /《国际人才交流》杂志

8 月 3 日晚，北京胡同内的一俱乐部人头攒动、气氛热烈，人们期待着一个新组合的表演。九点过几分，大胡子老外挎着吉他登上舞台，身着民族服饰的美丽女子拿着二胡，二人开始了琴瑟和鸣的演唱，第一首歌便是脍炙人口的民歌《敖包相会》。

“秀外慧中”组合——马克·力文和傅涵

这个新的组合叫作“In Side Out”。他们可不是“内衣外穿”，而是深藏不露的“秀外慧中”组合，这个组合的两位成员分别是马克·力文和傅涵。

误打误撞的相识

马克·力文的名字后面总有一大串头衔：美国乡村音乐人、社会学家、慈善事业组织者、作家、教授……2005 年第一次踏上中国的土地，他便下决心在这里扎根。老师是他的本职工作，做音乐人也做得风生水起。掐指一算，他在中国已经创作了 50 多首歌，学会了 20 多首“红歌”和民谣，参加了大大小小几百场演出。

这一切的成功，都与一位叫作傅涵的湖北姑娘息息相关。

傅涵是马克·力文的经纪人，负责接洽他在音乐上的一切活动，而她自己也有着极高的音乐造诣：自小学习二胡和钢琴，大学学的是音乐教育专业，研究生就读于中国人民大学文化艺术策划专业，毕业后又教了好几年钢琴。她在研究生期间考下了经纪人资格证，但她自己都说，“从来没想到这个证会派上用场”，自己当经纪人纯属阴错阳差。

说起两人的相识，竟然源于一次“指错路”。

傅涵第一次见到马克是 2007 年 3 月底，那时马克刚从周总理的故乡淮安来到北京，准备在中央民族大学谋一份教职。他第一次来到这所学校，想找负责安排的外事办公室，但是不会说中文，跟保安比比画画的就是说不清楚。傅涵刚好走过，心里犯起了嘀咕，这新疆老头还会说英语呢？

傅涵回忆说，马克当时穿着一件黑色波司登羽绒服，头上戴顶小帽，满脸大胡子，加上这里新疆人本来就多，自己想当然的把马克当成了新疆人。看到他急得满头大汗，自己又会说一些英语，就想着过去帮个忙。一聊才知道，原来他叫 Mark Levine，来自遥远的洛杉矶，已经在中国生活了两年。

傅涵带着马克找到了国际楼，路上闲聊还得知他是个乡村音乐人。“我当时在做钢琴老师，还打算开个二胡班教外国人，看到马克想着以后说不定会有音乐上的合作机会，就互换了联系方式”。一切似乎都平常得不能再平常。

没想到，当天晚上马克就联系了她，但不是感谢，而是来抱怨的，因为傅涵把他领到了民大的女生寝室，害他闹了一个大笑话。

原来，民大校园里有一座大楼，上面写着国际教育学院，但实际上只有下面两层是教室和办公室，其余楼层都已改为女生寝室。傅涵不是民大的学生，以为这就是马克要找的国际楼，把他领到了这里。不明就里的马克直接往楼里闯，吓得楼里的女生花容失色，死命把他拦了下来。

傅涵哭笑不得，只得连连道歉。马克倒是没有恼火，他说自己刚来北京，人生地不熟，问傅涵第二天有没有时间，能不能陪他去故宫转转。

傅涵第二天还有钢琴课，但不知是什么力量的驱使，她决定帮这个忙。她调了课，陪马克逛故宫，两人成为了好朋友，从此便结下了不解之缘。

马克的生日快到了，他告诉傅涵自己的生日愿望是进专业的录音棚制作一张专辑，当时他已经创作了包括歌颂淮安的《淮安的未来充满希望》在内的 11 首歌。傅涵开始东奔西走，帮助他实现这一愿望。

他们找好了录音室，用一天的时间录歌。傅涵找来学摄影、设计的朋友，为马克拍摄专辑宣传照片，设计好封面。

马克帮忙补习英语的一个同事帮他办了一个盛大的生日派对，专辑便成了最好的答礼。送完之后还剩几十张，傅涵想着，要不然送到唱片公司去碰碰运气，说不定有人会感兴趣。

她找到几家音乐公司，将专辑快递给他们。几个礼拜过去了，这些专辑都石沉大海。傅涵请自己的老师帮忙询问，才明白是怎么回事。在中国，一个不会说中文、没有名气、年纪又大的老外根本没有市场。谁听得懂他的歌？谁又会去听他的歌？

现在回想起当时的挫折，傅涵心有余悸。马克倒是显得很乐观，

“成功源自积累，要善于发现坏事中好的一面，用心发掘、聚少成多，最后才能有所收获。”

与著名演员方青卓的相识，无疑就是坏事中好的一面。

他们在一个咖啡馆结识，尽管之后和那家咖啡馆的合作泡汤，但三人却成为了要好的朋友，方青卓对傅涵更是喜欢得不得了，收了她做自己的干女儿，在此后的事业上给了她莫大的帮助。

2007 年底的奥运会火炬传递，傅涵看见新闻上报道中国的火炬传递在世界各地处处受到阻拦，气不打一处来。她想如果她将马克的事迹推广，或许他写的歌、他对中国的热爱可以感染更多的外国人，向他们呈现一个更加真实的中国。

现在想想，傅涵都钦佩自己当时的勇气。不管怎么样，她的经纪人生涯就这样起步了。

从无到有的歌唱事业

傅涵刚开始做马克经纪人的时候，两年中完全睡不好觉。刚开始经历多少痛苦，有多绝望，只有她自己心里清楚。因为马克的音乐风格小众，最开始联系演出困难重重。她说她至今清晰地记得在后海荷花市场的一家名叫甲丁坊的酒吧门口，她站在瑟瑟寒风中跟酒吧老板软磨硬泡了 1 个多小时，对方愣是连门都不让她进。回忆起这段经历，傅涵的眼角泛起了泪花。

在傅涵的努力下，马克慢慢有了一些演出机会。2008 年的汶川地震，马克为抗震创作歌曲《地震，地震》，并参加了赈灾义演慈善晚会；接下来的奥运会上他创作了《同一个世界，同一个梦想》和《2008 北京奥运之歌》两首歌曲；同年 10 月，他分别应人民大学和北京大学之邀参加国际文化交流节，为几万名中外大学生观众演出。马克的演唱事业逐渐迈上了正途。

此后，他有了更多为人称道的经历，事业遍地开花：2008 年 12 月，他参与拍摄了由葛优、好莱坞明星 John Savage 等参演的电影《气喘吁吁》，饰演商人马文一角；2009 年他慰问我国三军仪仗队，成为第一位慰问我国仪仗队的外国音乐人；2009 年 6 月，马克在人民大会堂接受颁奖，荣获“爱心大使”称号；2010 年参与中国国家形象片拍摄；2010 年 9 月在世博会上专场演出；2011 年胡锦涛主席访美，中央电视台拍摄多个专题采访马克谈中美关系；2012 年 7 月，马克为连云港佑源广告代言，拍摄平面广告；2013 年 3 月，马克·力文在国家大剧院与中国顶级歌唱家们同台纪念周恩来总理诞辰 115 周年，更是受到媒体盛赞。马克连续多年参加张家界“国际乡村音乐周”并任永久顾问。他参加的大大小小的演出、举办的歌友会更是不计其数。

各大媒体不吝溢美之词，称他为“当代乡村音乐之父”“西部牛仔歌王”，《环球时报》更是称他为“民谣英雄”。这个用乡村民谣讲述中国故事、用洋腔洋调唱“红歌”的大胡子老外算是彻底出名了。

“秀外慧中”再起航

马克曾经写过一首歌《拉二胡的中国娃娃》，其中有几句歌词是这样的:“每当我看到她，我都想要歌唱；几乎从一开始我就知道，她已经攻占了我的心。她是我拉二胡的中国娃娃。”

稍微有点儿交情的人一听都知道，这首歌是写给傅涵的。就像他自己说的那样，没有傅涵，便没有自己的今天。

唱了这么久，马克坦言自己的表演形式有点儿单一，一个人、一把吉他，能做的音乐毕竟有限。他们很早以前就有做组合的想法，将中西音乐结合起来，创新表演形式。傅涵曾为马克找来两个会弹中国乐器中阮的民大学生，但都因种种原因没能合作。

马克知道傅涵一个人承担所有的工作压力很大，但他比谁都清楚地知道傅涵的音乐才华。马克说：“我一直希望能够跟傅涵合作，她才是我合作的首选。”

傅涵的父亲和她干妈方青卓也一直鼓励她站上舞台，展现自己的音乐才华。但傅涵都拒绝了。用她自己的话，做经纪人已经让她

马克·力文（摄影 / 喻添旧）

焦头烂额，哪里还有闲情逸致登台唱歌？

时光飞逝，一转眼到了 2013 年，成立组合的时机终于成熟了。他们把组合命名为“秀外慧中”（In Side Out）。

“秀外慧中”，中西文化的激情碰撞，全新的视觉享受，绝妙的听觉盛宴，马克解释说：“In Side Out 就像你把一件衬衫翻到了外面，将它的内里展示给观众看。我们的组合将来自中西方的语言、文化、音乐、乐器，甚至是人，结合在了一起，恰似一件衬衫的里外两面，内容风格迥异的两个部分拼合成一件美妙的衬衫，想看什么就给你什么。”

组合定下的成立时间是2013年7月21日，“不管三七二十一”。要想在音乐的道路上飞高飞远，还真得有点儿这种不管不顾的大无畏精神。

说起来也有趣，曾经将傅涵拒之门外的甲丁坊老板现在却成了她的好朋友，甲丁坊也成了马克定点的演出场所，可谓是“不打不相识”。2009年8月8日马克还在这里举办了纪念北京奥运一周年专场歌友会。“秀外慧中”的首场试演也选择在这里举办。

今年的6月23日，傅涵第一次穿起旗袍拿上二胡，郑重其事走上了舞台，演出效果出奇的好。傅涵回忆说当天有七八个挪威人在甲丁坊喝酒，碰巧看到这次小型演唱会，兴奋不已。他们压根没有见过中国的二胡，更令他们难以置信的是中国小巧可人的姑娘竟然和大胡子老外有这么天衣无缝的默契配合，无论是乐器的音效还是音乐的和声都让他们印象深刻。演出结束之后他们找到傅涵和马克，大大地褒奖了一番，鼓励他们将这种音乐形式发扬光大。

这些来自陌生人的鼓励，给原本心怀忐忑的两人吃了一颗定心丸。他们可以在中西结合这条道路上大步前行了。

当然，组合的发展远非一帆风顺。虽然有了多年的积累，在音乐推广上已经有了一些经验和资源，两人的合作也早已默契十足，但就音乐和演出本身而言仍然存在诸多困难。首先两人在演出用不用伴奏上面便发生了分歧。来自美国的马克秉持美国的音乐传统，坚持不用电脑合成的伴奏带，自弹自唱。而傅涵坚持中国的演出规则，毕竟我们能看到的大部分演出很少是现场带乐队的。两人僵持不下，最终还是傅涵做出了妥协。二人的演出不带伴奏，力图呈献给听众原汁原味的现场音乐。

几天前，在朋友的帮助下，“秀外慧中”组合拍摄了第一组宣传照，美得可以用“惊艳”来形容。傅涵的服装变化多端：或身着民族服装，或一袭长裙晚礼服，或古色古香的旗袍加身，变幻莫测，韵味十足。而马克则一律是汗衫马褂搭配仔裤长靴，一身混搭，自成一派。两人把玩着手中的吉他二胡，摆几个 pose 往一块儿一站，中西结合的感觉就出来了。

“秀外慧中”马上又要迎来一场盛大的演出。每年马克都会在国际乡村音乐周上压轴表演，这次则是以组合的形式。傅涵透露说今年两人将用土家方言演唱张家界桑植民歌《马桑树儿搭灯台》，傅涵会扮成土家姑娘，跟着大胡子老马一道传播中国文化。

“我相信组合未来会有好的发展，我跟马克·力文一起努力，呈现给大家好的音乐。”说起未来，傅涵虽然忐忑，却不失信心。

最是那一低头的温柔

——我与法国外教 Perrine

“寂寞离亭掩，江山此夜寒。”聚餐告别的那个晚上，飘着微雨。满目空凉的世界，一眼望不到尽头。大概真如前贤所说，“此事古难全”。

文 / 周竹熙

“叮叮叮”，面对漂亮的法国老师，全班 17 个同学都铆足精神，正襟危坐。也许是第一次见面的缘故，大家似乎都显得有些紧张，不约而同保持着一种奇怪的沉默。但是 Perrine 却时不时对我们笑笑，用对她来说也是外语的英语和我们交流几句。脸上那份没藏住的羞涩神情，像一个没有分到糖的小女孩在着力掩饰自己的不在乎，显得异常可爱。在气氛缓和很多以后，她又用那种同为青年人的幽默，俘获了我们的笑声，让教室一下子热闹起来。当时我就暗自欣喜，自己将来这一年的学习生活肯定会过得很开心。

但是，密密麻麻的课表告诉我，我高兴得太早了。

不过正所谓“塞翁失马，焉知非福”，如果把课多算是一种不幸的话，那么我们不幸中的万幸就是：和外教接触的机会一下子跃升到了一周 40 多节课。也就是说，外教再也不是学习生涯中的“点缀”，而是真真正正的“正牌”老师。这样的师资，大概即使是专门学语言的同学也会羡慕吧。更何况我们还有万幸中的万幸，那就是：Perrine！

说来惭愧，我们这一大帮刚刚“解放”到大学里的孩子还不能理解“继续努力学习”的意义，所以经常会有意无意地不写作业。开始的时候，Perrine 会故作生气地双手叉着腰，用故意拖长的语调喊我们的名字，问我们原因。当然我们能给出的答案也就是“忘记了”之类老掉牙的借口。所以，为了治好我们的“记性”，她便开始采取惩罚措施——唱歌！此语一出，大家反应各异：“麦霸们”求之不得；而我，从此再也没欠过作业。

当然，不再拖欠作业，原因不只是因为害怕惩罚，更是由于 Perrine 的一次谈心。她跟我们说起了法国大学生的学习生活，后来又说到了当今世界的竞争。她的一番话，让我如梦初醒——原来世界上还有那么多人在为梦想奋斗着，我根本没有理由在这个时候懈怠！相信那时被震撼到的不只我一个人，因为之后全班人的努力是大家有目共睹的。而周围那股浓郁的学习氛围，更是让我感觉仿佛回到了高中，心中蓦然腾起一种“恰同学少年、风华正茂”的书生意气。

我们班令人羡慕之处绝不仅仅是“惩罚”，还有Perrine给我们的“福利”！

为了表示对我们肚子的“慰问”，她经常在课间给我们发糖，并且还带来了她自己亲手做的法国糕点。上课的时候，她也常领着我们玩猜词游戏，带着我们玩法语版狼人。对于书上的情景对话，她也一直是放手让我们自编自导自演。于是大家就趁这个时候各展神通，编出各种搞笑对话，而且丰富的肢体语言也常常让其他同学

Perrine在巴黎艺术桥上

笑得不能自持。在特殊的节日——比如愚人节——她还会给我们摆上一道，把大家都给弄蒙。

如果遇上比较闲的时候，她就会在教室给我们放电影。最幸福的一次，是一个周四的上午。那次不知道为什么，大家都清一色地处于昏昏欲睡状态，学课文做练习都提不起干劲。Perrine 看大家这样，竟然在教学进度落后的情况下，拨出三节课给我们放松看电影！最后大家都感叹，人生得此良师，夫复何求！

时光飞逝，一年的光阴就这样在不知不觉的嬉闹中度过，但是我们班的成绩却反而在年级里名列前茅。“寓教于乐”这四个字，Perrine 大概是真的做到了。

但是大一的结束也意味着我们的分离。最后一节课，大家都显得有点忧郁。但是 Perrine 又发挥了第一节课时她缓解气氛的能力。她给我们带了一个大蛋糕、一盘很特别的巧克力糕点、在超市买的四盒蛋卷，还有两大盒饮料。在别的班都以一起在教室看电影作为结束的时候，我们班却别开生面，开起了一个告别 Party！大家一边吃着东西，一边玩游戏、唱歌，重温着我们一年来的种种欢乐。

最后 Perrine 做了一个小总结，结尾的那句“你们都很乖、很可爱！”让我差点没忍住哭出来。其实她才是那个最可爱最温柔的人！虽然 Perrine 一直是一个很热情很开朗的法国女郎，但是她在我心里，却总像是一个温柔无比的好姐姐。一年的相处里，她从来没有生过我们的气，反而总是用她的随意大度，她的善解人意温暖着我们，融化了我们内心中最后一道防线，让仅剩下的那一点点小心翼翼都烟消云散。所以也难怪我每次想到她的时候，总是会联想起徐志摩的那句诗，“最是那一低头的温柔，像一朵水莲花不胜凉风的娇羞。”嗯，她确乎就是那样一个温柔的人。

但一切终究还是结束了，她的那种温柔随着那天的分离就成为了我永恒的记忆。而世上所有“可待成追忆”的感情，最后似乎都会面临“吹箫人去玉楼空”的凄惶。我们不得不承认，“黯然销魂者，唯别而已矣”。所以纳兰性德也说，“人生若只如初见”。可是人生不会是这样，Perrine 和我们的人生更不能是这样！

她和我们来自两个不同的国度，身上各自有着几千年绵延下来的不同文化特征，本来也许这辈子都不会有什么交集，但世间的事情一向都是这么巧合，我们 18 个人因为某种莫大的缘分，竟然穿越重重人潮，跨过茫茫大洋，相聚在一起，而且还拥有了那么多值得铭记一生的回忆！

漫漫人生路，本来就有很多悲伤不得不去面对，所以仔细一想，不正是因为有这样那样的悲伤，才见证了我们感情之深吗？而现实不也常常是只有当悲伤出现之时，我们才明白什么是自己真正爱的吗？纳兰不也正是深深爱过，才会有“人生若只如初见”的痴愿吗？反过来说，如果我们彼此并不曾深交过，又怎么能够记得，记得当晚的月光，记得我们曾经相遇在那样一个美好的瞬间，记得我们彼此互放的光亮，记得那种若有若无、旧相识般的阔别感！所以对于相遇，对于 Perrine，我从来就没有后悔过！分离、遗憾、相忆而无法相见，这些虽然痛苦，但总比错失友谊、错失知己却全然不知要好。

诚然，我们的国籍是不一样，甚至连种族肤色都不一样，可是难道感情也有国界吗？“彼此不一样”并不能成为一个不能相处的借口，它反而是给了我们更多的理由去了解彼此、关心彼此，它让一切回到最初的样子，让一种生命中最质朴的东西逐渐生长——没有国与国间的距离，有的只是简简单单心与心间的融合！

顾城有首哲理小诗正好可以说明这个道理：“你，/ 一会儿看我，/ 一会儿看云。// 我觉得，/ 你看我时很远，/ 你看云时很近。”外在的距离客观存在，但是心灵的距离却无法定义、无法衡量。

咫尺天涯，天涯咫尺。对于 Perrine，对于我们班，我自始就深信不疑。（作者单位：中山大学）

播种信念　收获理想

文 / 孙敏

第一次知道丁大卫，是在崔永元主持的《实话实说》节目里，崔永元“坏坏”地笑着，而丁大卫则一脸真诚与严肃。后来，我由于志愿填报的“失误”，到西北民族学院读书，但就是那里，我见到了丁大卫——这个曾经只在电视上看到过的外教。后来的交往和接触中，我被他的为人和敬业精神深深感动，如今，我更钦佩他能安于清贫，坚守自己做人的良心，坚持播种自己信念的种子，以及为中国西部的教育快乐“奉献”的精神。

在那期节目里，节目组特意展示了丁大卫的全部家当——一只还不及旅行包大却内容丰富的帆布袋，其中有一面五星红旗。崔永元问丁大卫：“你是一个美国人，怎么会时时刻刻把五星红旗带在身边？”丁大卫说：“我时刻带着它，就是为了提醒自己，我现在是在中国，我要多说美丽的中文，有人到我房间里来，看着墙上挂着的五星红旗，也会缩小我们之间的差距。再说，看到这面国旗，我就会告诫自己：你现在是一位中国教师，你要多为中国教书育人。”他的话朴实，却撼动人心，他对中国和中国学生的感情，甚至远远超过了许多中国人！

我清楚地记得，丁大卫的课，和其他老师不一样。比如英美文学，第一次上课，他就告诉我们，接下来的一学期都要学习哪些作家的作品，让每个同学自己选择，不限制书目。然后从第二节课到期中考试，每个同学都要上讲台当老师，告诉大家自己阅读的那位作家的作品，并分享阅读心得。丁大卫坐在我们中间，眼神温柔而沉静，尽管也评价我们的阅读是否有效、内容是否充分，但绝不刻薄，而是永远怀着与学生彼此探讨学习的态度，允许学生彼此甚至是和他展开辩论。他说中国学生学外语，最该掌握的是英语交流的技能，可是现在的中国外语教学很大程度上只是为了考级和考试，学生不会说、

丁大卫与他的妻子及学生们

不会写、更不会思考。

我大三那年，丁大卫同时带三个班的西方文化背景课，每个班都有 50 人。他的作业很多，批改也极为细心和认真，就像鲁迅笔下的藤野先生，连小小的拼写错误也不会放过。在他的课堂上，几乎没有人缺课，因为他有一项绝技：尽管上课从来不点名，但他认识所有的学生。丁大卫只要走上讲台看一眼，就知道哪个学生没来，然后故意问一下缺席者身边的同学，谁今天怎么没来，生病了吗？就这样，再后来基本上没有人敢缺课了。

为了让我们有更多锻炼外语能力的机会，丁大卫在西北民族学院最早组织起英语角。那个英语角每周日下午 3 点准时开场，他自己先去讲 40 分钟，然后自由讨论。为了吸引其他高校的外教来英语角“开讲”，丁大卫承诺请他们吃晚饭，这也是他在兰州生活中

课堂上的夫妻搭档

最大的生活支出，远远超过他自己的生活费用。

后来，我毕业了，回到内地当了一名老师，延续丁大卫“献身中国教育”的梦想。我时常和还留校读研以及任教的同学打听丁大卫的消息。据说，当时我在西北民族学院读书时的7位外教，几年后有的选择回国，有的镀金后跳槽到北京、上海或者南方的大城市，但丁大卫一直留在那里。他还选择了甘肃最贫困和教育最落后的民族自治县——东乡县，担任教育局的教育顾问——一个大多数人认为轻松的闲职。但他却并不清闲，不仅开始了一个美国人在中国西部的坚守，更开始了为中国西部落后的教育奔走与呼喊：他四处筹款，先后在县里的“无校村”建起11所学校；东乡县很多学校都异常简陋，丁大卫把上《实话实说》节目后收到的所有善款都捐献了出来，修建了好几座图书室和体育馆；在丁大卫的努力下，东乡话和普通话双语字典出版了；假期里，他还组织当地教师，走出去到北京等大城市接受培训。丁大卫说：“只有西部的教师水平获得提高，孩子们才会有更广阔的未来。”

再后来，我更多的只能在网上搜索他的身影或者关于他的消息，知道他作为中国最偏远地区的一位没有任何实权的教育顾问，像一个普通打工者，在为西部教育和孩子们“免费”服务。其中最令我感动的一个细节是：有一次，丁大卫去到一个地方，有人问他：“大卫，东乡教育局给你开的工资是多少？”他实话实说：“帮着办学，没收入。”他的实话却没有一个人敢相信！

时至今日，离开外教丁大卫后，我教书也有十几年的时间，在这十几年的时光里，能成为我的榜样和模仿对象的，只有丁大卫。一次，一帮同事一个下午都在议论关于绩效工资和加薪的事情，我也激动地参与讨论了半天，为自己鸣不平。但在那夜做梦的时候，第一次梦见了丁大卫，毕业以后，他从来没在我的梦境中出现过啊？后来，我反复地问自己：人究竟为什么而活？当人们为工资和待遇愤愤不平的时候，丁大卫却心甘情愿做一个没名没分的教育顾问；当人们满世界找钱的时候，丁大卫在中国找穷人，帮助他们教育孩子；当人们为名利争夺得身心俱疲的时候，丁大卫，一个原本对中国西部的贫困和孩子们的教育没有责任的人，亲自为孩子们上了一天的基础英语课后，一脸平静坐在东乡宿舍的那张简陋的小床上……

各种报道之后，丁大卫有了些名气，他的事迹也感动了许多关注和关心西部教育的好心人，最多的一年他接受的捐款多达10万元，他一笔一笔记清来源和去处，给孩子们建学校买文具。而他自己一贫如洗，车子、房子……一样都没有，但他却也是一个富翁，因为他内心拥有整个世界……（作者单位：安徽肥西上派中心学校）

“好久不散”

——我与外教的点滴友情

文 / 郑鹏飞

不得不承认，我们很多时候都是以“被动”的姿态参与到一些事件中去的，但最终会获得意想不到的收获。我与美国外教马克·阿兰·彼得的经历也是以这种方式开始的。

2010 年 9 月的一天，学校外院副院长找到我，说我的外语素质被她“相中”了，问我是否愿意给外教教汉语。我略作考虑后就答应了，开始了 3 年的业余“对外汉语”教学经历。现在回顾这段经历，感到有许多故事、细节值得分享。

课酬“谈判”：谈钱不伤感情

我的学生马克年届五十，长我 20 岁。刚见面时我跟他开玩笑说，他是我教过的最“老”的学生。没经验的我一开始给他上课时，心中惴惴，不知道效果是否满意，就没有谈课酬的问题。好在他虽年长却从不摆谱，非常和蔼地给我鼓励和建议。3 次课后，他认可了我的授课方式，我就开始考虑跟他谈课酬的问题。

这本来不算什么，但囿于“重义轻利”观念，我一直羞于开口提此事。直到这学期的倒数第二次课时，我才鼓足勇气对他说：“你该付我课酬。”他听了有些意外，就争辩说：“应该免费，你教我汉语，我也教了你英语，扯平了！”我此时想，大不了下学期不干了，今天一定要“讨薪”到底，就告诉他：“是你请我教你汉语的，我备课花费了大量的时间、精力，你学汉语就没那么费劲了！”他

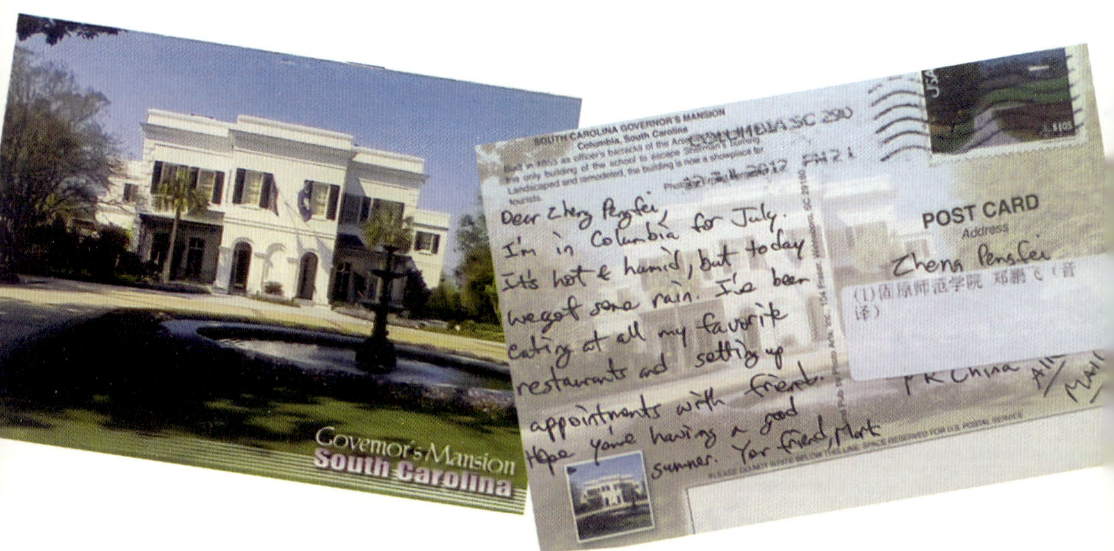

马克送给作者的、经历了时空漫游的明信片

耸了耸肩，说：“好吧，我付你钱，每次多少？”我此时松了口气，也让了一步说：“那取决于你了。”那次课就这样结束了。事后我有些后悔，这老外会不会因此真的不再请我教他汉语？

再一次上课时，他还是很愉快地接待我，没什么不快的脸色或情绪。上完课，我忐忑地问他下学期是否还请我教汉语，他说当然。我们就商定了学习计划。然后，他按照我事先的指点，把装着课酬费的信封给了我。我接过来一掂量，感觉有点失望；回到家中清点，他是按照每节课50元的标准付费的，我感觉他给我打了一个及格分。“标准太低了，”我暗道，“以后的课要备得更充分、讲得更好些，要把课酬费提到每节100元。”春节后的第一堂课上，我就跟他谈，指出以前他给我的课酬偏低，从现在开始应该是每次100元。我充分表达了我的理由，指出合理的课酬是对我辛苦劳动的肯定，有利于提高我备足课、上好课的责任心和驱动力。听了我的阐述，他沉吟了一下，就笑着答应了。

这次沟通让我亲身体验到中西方人际交流方式的差异。中国人，尤其是熟人之间的金钱关系很微妙，往往靠意会达成默契，直接谈钱弄不好伤感情；而与西方人谈钱，则不能闪烁其词，你要充分说明自己的理由，可与对方唇枪舌剑地辩论，不必考虑太多，即使争得面红耳赤，也极少出现“谈钱伤感情”的现象。

“好久不散”：假期后重逢的尴尬

为凸显汉语的实用性，我经常教他一些中国人常用的流行语、成语等。例如：双方约定下次在某时某地会面，就说“不见不散”；双方隔了较长时间没有见面，重逢时会说“好久不见”等等。鼓励他使用这些词汇与身旁的中国人交流，他也非常积极、主动地用汉语表达自己的想法。然而他在运用这些汉语时，有时会阴差阳错地混用词汇，产生令人啼笑皆非的喜剧效果。

2011 年国庆节前，因为他有事，我们每周一次的课停了，加上放国庆假期，20 多天后，我才去他的公寓上课。他打开门，带着笑容和热烈的情绪，用怪怪的腔调，又是非常认真地说了一句：

“好—久—不—散—！”

我当时听了一愣，什么意思？随即我就笑了：他是想说“好久不见”，一不小心把“见”跟“散”的发音搞混了，结果南辕北辙。但我笑着，就产生了一种难为情的尴尬情绪和自责心理。毕竟我是他的汉语老师，他犯这样的错误，我也难辞其咎。然后，我就坐下来，肯定了他运用汉语的努力和进步，他很高兴地听着，接着我又跟他解释，刚才这句话整体意思非常符合语境，但最后一字的声母发错音后，就改变了整句话的意思，结果差之毫厘、谬以千里。听到此处，已经 50 岁的他，如同大男孩般，嘴里连声说着“抱歉”，脸上露出了羞愧的笑容。

夏寄冬收：一纸贺卡的时空漫游

在我给马克教授汉语的三年间，每逢圣诞节，他都会送我带有浓郁西方宗教色彩的贺卡，上附或长或短的祝福语，十分温馨。作为回赠，我会送他日历等既实用又精巧的小礼品。值得一提的，则是一张既普通又有特殊经历的明信片。

2011 年 11 月，宁夏固原已是寒风呼啸、天寒地冻的严冬了。中旬的一天，我收到了一张来自美国的明信片，一看，是马克在 8 月初寄给我的，他在上面写道：

“现在是 7 月，我在哥伦比亚，天很热，今天下了雨，我刚刚和朋友在我最喜欢的餐馆美餐一顿。希望你夏日好心情！”

看着这张花了 4 个月、漂洋过海才到达我手中的明信片，觉得有一种巨大的幽默感，姗姗来迟的卡片带给我冷热两重天的鲜明感受。有意思的是，马克 8 月底到中国后，好多次见到我，都没有提他暑假曾给我寄明信片的事。当我告诉他我于冬季收到了他夏天寄的明信片，他也觉得很奇妙。

中国人爱面子，美国人守规矩

有一次，我下班后到一家菜馆吃饭，进去后发现马克也在那里。他已点了一份鱼香肉丝，我要了一份刀削面，然后我们就聊了起来。吃完饭结账时，我一时心血来潮，对马克说："难得碰在一起吃饭，你的饭钱我给付了。"他说："不用了，我点的菜比你的面贵得多哦。"我当时也没有仔细看饭菜价格，也是感觉话已出口，就说不要紧。结果老板来收钱时，我的肠子都悔青了：他吃饭花了 30 元，我的面才 8 元！但此时我已经把钱递给老板了，不好反悔了，只好硬着头皮接过零钱，还装着无所谓的样子，和马克说笑着离开了餐馆。后来我就反思：当时我们只是凑巧碰到了一起，没有必要大包大揽地请客、代付钱，我出于面子，才有了这种不明智的举动，过后好几天想起来还是"肉痛"。

我认识马克后，每次中秋节，都邀请他去我家聊天、吃饭，为显示我的热情好客，我特意准备了葡萄酒。席间，我跟他讲述中国人过中秋节饮酒赏月的习俗，劝他喝酒，但每次他都有礼貌但又坚决地拒绝了。他说他所属的美国英语学会有规定，在中国工作期间不能饮酒。我就用中国人的劝酒套路说服他："现在是节假日，而且没有学生在场；再说你们的领导远在千里之外，他们怎么会知道你此时有没有喝酒？"他依然不为所动，说规定就必须遵守，不论什么情况。这让我有些不悦，但还是很佩服他的自我约束意识。他在此事上真正做到了“领导在与不在一个样”。若是换了同胞，在此情形之下，其行为就不得而知了。

2013 年 6 月是马克在中国生活的最后一个月。他在我校的工作获得了中国政府的肯定，宁夏自治区政府给他颁发了“六盘山友谊奖”。我作为他的朋友，考虑到他年过 50 但还是单身，就送了他一个具有浓郁中国民俗风情的工艺品——贴画葫芦，而他则送了我一本全英文版的《先贤之信》，并在扉页写了留言。

如今，无事时翻开那本书，或者看到他送的卡片，耳畔似乎又响起了那句别扭的话：

“好—久—不—散—！”（作者单位：宁夏师范学院）

我眼中的中国新一代

文 / 大卫・伯特

在中国已住了 11 年，除了回新西兰做短暂的停留，参加几场家庭婚礼外，我一直待在这个国家。我希望我能用日记详细地记下

本文作者大卫・伯特

这段中国时光。我没想过要在这儿待这么久，但我现在仍然住在中国。我在这里的梦想还没有完成：我要去江西的乡村地区并在那儿创立幼儿教育学校。我清楚我想要去的地方，但一切都要慢慢来。故事开始于 2002 年 10 月 17 日。当时的一切仍然历历在目。我抵达北京机场时，遇到了一名来自南昌的中国学生。从她那儿我第一次体验到中国人的友好和热情。我们晚上一起围着天安门广场散步。第二天她带着我来到北京火车站，帮我搭上了去往南昌的列车。当我独自一人坐上那列 22 小时旅程的“K”字快车时，我的中国之旅才满 24 小时。在车上一对老夫妻很照顾我，虽然我们都不懂对方的语言，但彼此很默契。在种种这般愉快温馨的体验中，11 年过去了。中国的警察也一直很热情，很贴心。有一次我在深圳迷了路，他们载着我去目的地。还有一次，在春节时我没有告知他们我已经搬了家，他们免除了我的罚款。我在南昌、上海、广州以及其他地方都交过朋友，都受到他们的热情对待。我也在那些城市教过英语。

我现在在我的中国“家乡”南昌，义务帮助我的中国朋友在这所培训学校工作，以及其他需要帮助的朋友。

我和一户中国家庭一起住了很多年了，这也是深入了解这一方地理人情的最好方式。

其他有关中国热情友好的印象来自于一位 10 岁的姑娘把她唯一的财产——一本英汉字典作为礼物送给了我。我去赣州一位学生的家里拜访时，她的父亲给了我一套限量版的中国货币，价值 2900 元人民币，感激我对他女儿的帮助。这份礼物价值如何不重要，这位父亲的心意才是最珍贵的。

回新西兰和家人团聚不是件易事，甚至他们也到南昌来看过我。家人对中国的印象很模糊。他们没能真正理解中国的地域广阔、人口密集。

我在中国待的这些年共教了差不多 4500 名学生。他们大都很勤奋并且把我敬为他们的良师益友。我们一起游览了青山丽水。在南昌青山湖的船上上课，在九江湖畔游玩，在河床烤红薯，还被带去西湖过春节。这只是我快乐时光的一些片段，还有很多这样的美好记忆。

我脑海中遗留的一个问题是：中国的未来能否寄托于这年轻的一代？

当我去上课时，环顾坐在下面的学生，在我看来，他们有的是非常优秀的企业家，其他的学生都一心一意地尽自己最大的努力为未来奋斗。他们每一个都是那样独特。一个天津姑娘在大学期间，在北京开办她自己的语言学校。

我对这个问题的答案是肯定的，是的，中国的希望就寄托在这样年轻的一代。我祝愿他们所有人都能前途似锦，努力创造一个更强更好的中国。

捧一掬感恩走进俄罗斯

——记我的俄语外教安娜

文 / 陈秋燕

它以 1707 万平方公里的身姿雄踞北半球；

它凭借丰富的油气储备吸引着世界的目光；

它挑选出普京这样的硬汉总统来领导泱泱大国……

它是否会对我这样一介俄语生趾高气扬，俄罗斯人是否似传闻一般不可接近？我究竟有没有选错专业？一切的一切，我都不得而知。

在这样一个彷徨迷茫的时刻，她，优雅地走进了我们的世界。她就是我最喜爱的外教——安娜老师。

她具备了一切俄罗斯美女的特征，白皙、颀长；她将俄罗斯妇女的传统品质带到了中国，勤劳、贤惠；更重要的是，她牵着我们的手，引领我们走进了俄语，走进了俄罗斯。原来，俄语如是，俄罗斯人如是，俄罗斯如是。

俄　语

作为世界上最难的语言之一，俄语毫不吝啬地让我们尝尽了学习过程中的所有艰辛。我们这么一群来自全国各地的佼佼者，都不得不向它俯首称臣。安娜老师从来不用“俄语其实不难学”这样善意的谎言来安慰我们，可是她却用很多更加有趣的方式来使我们对这门艰深的语言充满好感：课堂情景剧、课后小电影、幻灯片展示、抢答游戏、分组讨论辩论等。我们抛弃了最初不愿开口的尴尬，甩

图为作者与同学在外教家中做饭，一起用餐的情景

掉了怕犯错误的心态，在安娜老师的课堂上畅所欲言，徜徉在俄语世界中不能自拔。

几乎每节课上，我们都会就我们所学的专题来个实战演练，不管是“初次相识”，还是“餐厅用餐”，甚至是“医院就医”，我们都运用刚刚学到的俄语知识与同伴展开练习。虽然还不能地道表达，虽然还会犯常识性错误，虽然句子还有一些语病，但是迎接我们的，不是安娜老师这位本土人士的嘲笑或者是怒气，而是她更为耐心的讲解。还记得她为了向我们讲解“定向动词”和“不定向动词”这个语法点，在黑板上画满了图画的情景。几经努力，我们终于与这个起初对我们而言不知所以然的语法点“化敌为友”了。看着安娜老师灿烂的笑容，以及听着从她口中发出的赞赏“好样的”时，我们也非常欣喜，不只因为我们攻克了这座城池，还更因为，终于对得起一直辛勤的安娜老师。

她甚至还邀请她的朋友，俄罗斯的荣誉演员阿列克谢为我们举办音乐会，使我们有机会聆听俄罗斯经典乐曲。她的每一次用心准备都让我们对她的敬爱多加一重！

是的，我们现在可以这样说：俄语其实真的不难学！因为我们得良师指导，因为我们笑对俄语，俄语亦是对我们莞尔一笑。

俄罗斯的风土人情

安娜老师走近我们，不仅仅是将俄语知识传授给我们，更重要的是，她为我们打开了一扇俄罗斯之窗。在她的课堂上，我们了解了俄罗斯人不喜脸挂笑容的习惯；我们与冬宫、红场、克里姆林宫亲密接触；在老阿尔巴特街感受繁华；也在特列季亚科夫画廊饱览俄罗斯艺术；在涅瓦河畔漫步，期待着白夜和断桥；在无名烈士碑前景仰，感叹俄罗斯这个坚强伟大的民族；在莫斯科图书馆中徜徉，迷失在知识的浩瀚与神圣中。安娜老师带着我们，使我们身临其境，使我们远在万里之外仍对俄罗斯充满向往和憧憬。

不仅仅是这些关乎历史艺术的知识正一步步地走进我们的脑海，俄罗斯人的日常生活习俗和习惯，也渐渐地在我们的生活中留下印记。

安娜老师细心教导我们称呼长辈要使用名字加父称，为此，我们每个人都形成了记下别人父称的习惯；她耐心讲解到俄罗斯人家里做客的要求与避忌。因为她，我们知道了复活节的彩蛋，狂欢日的庆祝活动，大学生日的盛大，自然，还有新年的团聚和欢乐，以及其他种种节日。为了加深我们对俄罗斯人日常生活的理解，她甚至还邀请我们到她家做客，一起做饭，制作俄罗斯饮料，在中国享受这异域风情。一道看似普普通通的传统佳肴——红菜汤，没想到需要那么繁复的工序；美味的俄式煎饼，原来是我们自己可以驾驭的；俄罗斯传统饮料格瓦斯，竟是这般可口。我们还兴高采烈地演练了俄罗斯人正式用餐的三道菜的上桌方式，也学俄罗斯人的习惯致祝酒词。也许是我们对俄罗斯日常习俗的好奇，逗得安娜老师也非常开心。

俄罗斯人

也许有人认为俄罗斯人排外，不守时，自高自大。我也曾想过，俄罗斯有着广袤的陆地，有着丰富的资源，是否他们的人也会因此变得高傲，变得难以亲近呢？但眼见为实。通过对安娜老师的了解，你是否依然保持你自己惯有的想法呢？

我们看到的是一个辛勤和善的俄罗斯老师，她不仅教授给我们知识，而且给我们展示了一个优雅负责任的俄罗斯人形象。我曾经问她，为什么你在俄罗斯过年的时候不请假回国，她非常严肃地告诉我，这是她的工作，她必须要负起自己的责任！这一切都是为了我们！虽然言辞朴实，但却深深地感动了我。在祖国最重要的节日和学生之间，她选择了我们，选择了一群与她曾经素不相识而今却对她十分依赖的孩子。

还有一次，我曾以义教队伍负责人的身份邀请她为我们的志愿者讲解如何上课，她却毅然决然地拒绝了我。因为她认为，教育是一项神圣的事业，并不是所有人不经训练或是只听一节课就能站上讲台的。虽然被拒绝心里不好受，但不由得对这位俄罗斯女性心生敬佩。有这样一位如此看重自己事业的女性担任自己的老师，我们怎么能不心怀感激？

因为她，我相信，在俄罗斯，一定也是好人占多数，他们对异域人士也会抱着友好的态度。

做一个“自尊优雅”的“外国人”

2013 年 9 月，我们在俄罗斯展开我们的交换生生涯，开始一段奇妙而未知的旅程。安娜老师教给我们的俄语知识、俄罗斯文化，早已深深镌刻在我们脑海中。她塑造的俄罗斯人的美好形象，让我们对接下来的生活充满信心。我们需要敞开我们的怀抱，欢迎俄罗斯人走进我们的世界；主动跟俄罗斯人握手交流，这样才不辜负我们的“走出国门”！

然而，我觉得安娜老师给我影响最深的，还不是她对我们俄语方面的教授，而是她作为一位外国教师在中国的自尊和教养。在她身上，我们从来看不到她寄人篱下的忧愁，看到的是她处理事情的优雅和从容。我们看到她对于学生的尽责和关爱。她将自己的角色演绎得淋漓尽致，我们都不由得赞许，同时对她充满了敬重。身处异国他乡的她，为即将赴俄学习的我们做足了榜样。

我们会努力学习，融入当地，悉心请教，从容处事。最重要的，是展示一个中国人的形象。外人了解中国，便是通过我们，彼时彼刻，倘若我们尚不能为祖国增添荣光，也绝不能为之抹黑。我们要做的，便是一个“自尊优雅”的“外国人”！

没有任何的书籍胜过良师，没有任何的教育胜过言传身教，安娜老师，谢谢您！我们将会捧着一份感恩之心走进您的祖国，去感受养育您的一方水土。待学成归来之时，我们一定回来继续聆听您的教导！（作者单位：中山大学翻译学院）

海上扬帆　旦复旦兮

文 / 宋慧

“我的中文名字叫扬帆”

西装革履、架着一副眼镜的 Jan Ketil Arnulf 教授刚作完简短的英文介绍，突然开口讲起了汉语：“扬是扬帆远航的扬，不是杨树的杨。”教授地道的汉语让我们这些复旦 -BI 挪威 MBA 项目的中国学生都会心地笑了，外国同学们愣了一下，也默契地笑了起来。我们的项目是全英文教学的国际项目，即使是中国老师任教也要讲英语。突然听到这“不和谐”之声确实吸引了大家的注意力，都想听听这位新任项目学术院长要说些什么。

“我起扬帆这个名字有三层含义。第一、扬帆远航，不用引擎，自然环保；第二、扬帆启程，天高海阔，追求理想；第三、《道德经》有言‘上善若水’，扬帆海上，就是要体会一下‘水’兼收并蓄的胸怀和‘善利万物’的领导力。”

一位主讲领导学的教授对中国文化研究得如此精到，确实让同学们出乎意料，和教授的距离一下子拉近了。扬帆教授已经数次获得过我们项目的最佳教授称号，是同学们最喜爱的教授之一。有诗为证：

职场迷茫莫自哀，回炉充电敢重来。
挪威商院老学府，复旦校园新舞台。
教授中西学问贯，同窗手足路途开。
聚贤荟萃同风起，玉宇澄清万里埃。

中西文化差异与影响

聚贤荟(Join & Share)是复旦-BI挪威MBA项目的同学会组织，正式成立于2005年，以项目为纽带，2000多名学生及校友为主体，互相交流和对话。我是聚贤荟的行业部长，和扬帆教授的接触不算太少。

有一次我问扬帆教授对上课时中国学生不如外国同学提问踊跃有何看法，他突然深情地说：“刚来中国时，还真曾因中国学生课堂反响不够积极而怀疑自己的授课效果，但等到批改作业时，我惊喜地发现中国学生在课堂上不太踊跃发言，更多是因为紧跟教授的思路在思考，而这种思考的成果在课后作业的字里行间就体现了出来。中国有句成语‘静水流深’，他们的思考很深刻，领会也很独到。批改中国学生作业的过程，也是一个和他们对话沟通、互相学习的过程。中西方文化差异不仅体现在学习表现上，也体现在平常的商务管理中。中外学生坐在同一教室内学习，可有效提高其在跨国公司中的工作能力。”

聊到中西文化交流与碰撞，扬帆教授讲了一个故事。他的小儿子 Trym 在 2009 年和他一起参加了一位学生在四川老家的婚礼。新婚夫妇跪拜家长，Trym 看在眼里，没想到还记在了心上。Trym 回挪威后适逢学校开学，按传统校长要站在门口和每一位小同学握手致意。那年正好甲型 H1N1 流感盛行，为防交叉感染，改为校长仅向每位小同学点头示意。Trym 到了校门口，大步流星走到校长面前，突然趴在地上有模有样地磕了一个头，同学们都惊呆了。接着 Trym 自豪地给校长和同学们讲了他在中国的各种经历，使他们都惊奇不已。

现已 10 岁的 Trym 随扬帆教授和家人搬到上海，也在积极学习中文。问他当初为什么会做出那种惊人之举，他已记不清楚。文化之互相吸收和影响确实是个奇妙的过程。现在 Trym 已经是师生中家喻户晓的中挪文化小使者，有诗为证：

精灵古怪学模样，作揖磕头笑全场。

挪威顽童中国梦，不爱西装爱唐装。

“中国通”扬帆

说到中挪友谊合作，该项目本身就是其中之一。1995 年 11 月，复旦大学北欧研究中心成立；在中挪两国政府推动下，复旦大学与 BI 挪威管理学院(已于 2011 年 3 月更名为 BI 挪威商学院)正式签约合作关系，是最早经国务院批准开办的国际性学位合作教育项目之一，至今已 18 年。课程教授 1/3 来自复旦，2/3 来自 BI 挪威商学院。作为项目新任学术院长的扬帆教授正与他的中西学术同仁们通力合作，共同打造国际 MBA 精品课程。

有一次我参加项目组织的读书会，品读乔根·兰德斯教授写的

本文作者(右一)与扬帆教授(右二)合影

《2052: 未来四十年的中国与世界》，扬帆教授也应邀出席。乔根·兰德斯曾任BI挪威商学院院长，是罗马俱乐部的资深成员，闻名遐迩的《增长的极限》作者之一。40年后的今天，他新出版的《2052: 未来四十年的中国与世界》被认为是罗马俱乐部再次发布的预测未来40年的报告。

扬帆教授兴致勃勃地与大家分享着他与《2052: 未来四十年的中国与世界》作者的渊源和BI挪威商学院30年来与中国各界交流的故事。突然，他指着现场一中文匾额开始轻声读上面的茶经典故，然后转过头来惊喜地对我们说这百十个汉字他全都认识！其实，平日当他熟练引用《道德经》和《论语》、《孟子》等经典时，我们就已深深感到他的中文水平并不像一般学汉语的外国人一样停留在拼音识字，而是深入每个汉字的精髓里。听他讲对《道德经》的理解，不亚于听《百家讲坛》；而听他谈商务管理的中西文化差异，则更是如饮醪糟、妙趣横生。在一次国际企业高层论坛上谈到不同文化应抛弃偏见互相接纳时，扬帆教授则当场吟诵了《题西林壁》：

横看成岭侧成峰，远近高低各不同。

不识庐山真面目，只缘身在此山中。

这首诗既让大家耳目一新，同时又醍醐灌顶、发人深省，让与会者客观思考文化交流的深层次问题。写到这里，我就不再“有诗为证”班门弄斧了，“眼前有景道不得，‘苏轼’题诗在上头”。

中挪教育新篇章

最近拜访过一次扬帆教授，我请他作为学术院长谈谈对项目未来的展望，他动情地说："现在虽然越来越多的国际院校在中国合作办学，但复旦 -BI 挪威 MBA 项目首次参加 FT 商学院排名就名列全球在职 MBA 第 7 位，这和该项目在中国的悠久历史和广大的校友基础是分不开的。项目未来的发展主要集中在几方面：一、进一步开发 MBA 合作教育。挪威自 2001 年起连续 6 年被联合国评为最适宜居住的国家，并于 2009 年到 2013 年连续获得全球人类发展指数第一的排名。挪威在绿色环保、能源利用、高生产率等方面的专业知识，以及在石油、造纸、加工等行业世界领先的经验，可以通过本项目介绍到中国，而中国的改革开放和复旦的学术底蕴是本项目发展的坚实平台；二、在欧洲尤其是西、北欧对本项目深化宣传，持续提高外国学生比例，使本项目国际化程度更高。北欧虽仅 4 个国家，但已占全球贸易总额的 10%，再加上德国、荷兰等老牌欧洲工商业国家的生源，本项目一定会成为国际MBA项目的经典；第三、环保与商业发展相结合、工作与健康生活互为平衡将是 MBA 重点提倡的内容之一，人类必须为环境和自身的发展负责。我们既传授商业知识，也要推广环保理念、提倡社会责任，BI 挪威商学院和中国悠久的合作史郑重告诉各界：我们将对任重道远的未来负责。"

扬帆教授顿了一下，习惯性地把眼镜推到了额头，目光炯炯地看着我，微笑着问："有诗为证吗？"他在打趣我的习惯。

是啊！我转头看了看窗外球场上积极拼抢的同学，又一次心潮澎湃，有诗为证：

BI挪威商学院，复旦联合十八年。
洋树新花文化果，北欧中国师生缘。
名实且放苍生后，学问敢为天下先。
海上扬帆旦复旦，中挪教育谱新篇！

（作者单位：洁定贸易（上海）有限公司）

柏兰庭夫妇和他们的大家庭

文 / 陈柳

现年 61 岁的美国人柏兰庭 (Mike Brant) 和太太莫妮卡 (Monica Brant) 共育有 14 个孩子，其中有 10 个成长于中国。柏兰庭目前在北京担任 TIP 英语培训项目的外教，他和家人相信，每个人的小善举最终都将促成这个世界的大改变。

“也许我们应该去中国看看！”

夫妇二人与中国结缘，完全源自一个突发奇想。20 世纪 90 年代末，柏兰庭和妻子在俄罗斯的一所孤儿院帮助问题儿童。后来，他们收到了一位在中国教英语的朋友的来信，朋友说自己在中国过得很愉快。与此同时，夫妇二人频频在电视、报纸、书刊上注意到“中国”的信息，随即萌生了“或许我们应该去中国看看”的想法。在与朋友进行交流后，朋友告诉他们中国需要英语老师。接下来的问题就是应该去哪座城市。说来有趣，当时一本旅游指南上说哈尔滨人会讲俄语，不会说中文的夫妇俩便选择了哈尔滨。结果到了那里，才哭笑不得地发现哈尔滨人根本不讲俄语，于是他们便开始学习中文。

后来，他们与当地的儿童中心合作创办了一个学校。他们的理念是，不仅要帮助孩子们学好语言、数学等科目，更重要的是帮助他们养成好的性格和习惯。他们希望孩子们友善、关心他人、有责任感，并且拥有致力于社会建设的理想。然后，他们联系希望工程，表达了自己希望能为中国做些事情的愿望。当时黑龙江有许多希望小学，柏兰庭便带着莫妮卡和孩子们四处表演，为希望工程募捐。

在接下来的日子里，柏兰庭夫妇又通过朋友结识了美中教育机构（ESEC）的总裁余国良先生并加入 ESEC，后来还参加了该机构

柏兰庭夫妇

的 TIP(Total Immersion Program) 全封闭英语培训项目。TIP 的培训对象主要是英语教师，它能够通过全封闭式的英语氛围，在短短十多天的时间里，让一个不敢开口讲英语的老师达到能够全英语教学的水平。我们从照片中学员们愉悦的表情就可以看出他们在 TIP 项目的学习经历快乐而充实。同时，这种进步也让柏兰庭和其他外籍教师欣喜不已，柏兰庭还希望这些老师能够将他们的理念带到中国其他地方，帮助更多的人。

“更重要的是成为一个更好的人”

中国的英语老师都是好老师——这是柏兰庭对中国英语老师的评价。他们词汇量大、教学经验丰富、语法基础扎实，最厉害的是

柏兰庭夫妇与孩子们

还能让学生考出高分。但是，一个很严重的问题是很多老师都不太敢说英语。他认为，让这些在中国传统教育环境下成长起来的英语老师建立自信和勇气才是根本所在。经过 TIP 的封闭式训练，老师们不仅在英语口语方面取得了巨大进步，而且还找回了隐藏在内心深处并已压抑许久的真实的自己。不论是二三十岁的年轻老师还是四五十岁的中年教师，他们在训练期间共同生活、学习和娱乐，就像回到了学生时代一样。

柏兰庭说，这个项目没有设立审核和评定学习成果的考试，所以身为学员的各位老师几乎没有任何压力。在学习过程中，外教们没有让他们背诵句型和表达方式，而是悄悄走到他们身边，像朋友一样拍拍他们的肩膀，问他们今天过得如何，心情怎样。通过这种举动，老师们往往会渐渐敞开心扉，和同学、外教聊心情、聊生活感悟等等。久而久之，他们就越来越愿意，也越来越敢于用英语表达自己的所思所想了。柏兰庭说，这种所谓的“培训”并不仅仅是为了帮他们提高英语口语，而是要帮这些老师树立自信，让他们变得更加乐观开朗，对生活更有热情。他希望能与这些站在中国教育前线的老师建立友谊，在他们心中撒下爱的种子，因为这些人既是这个国家的未来，也担负着这个国家的未来。

今年，柏兰庭和妻子已经在中国度过了第 15 个年头。这些年间，他们的足迹踏遍了中国大江南北。虽然受限于客观条件，TIP 项目目前只在中国集中开展，但是他希望在北京接受过培训的老师能把TIP的理念带回自己工作的地方，让它惠及更多人。马上，北大圆明园校区又将迎来200多位前来参加培训的教师，提到这一点，柏兰庭的眼睛里流露出期待的神色。他说暑假期间，学校有时候会突然有三四百名教师同时来参加培训，非常热闹。不过柏兰庭说，他从来不觉得辛苦。和这些老师的交流就像是和朋友、孩子们沟通一样，让他觉得享受，也让他很受启发、很有收获。

除了参与ESEC的项目，他还在河北办了一个农村双语幼儿园。他笑着说："当我去那里的时候，那些身子圆滚滚，脸蛋红扑扑的农村小朋友竟然会用英语和我讲话！这不是很令人惊讶吗？"他认为，通过这种双语幼儿园的学习经历，这些孩子变得更开朗、更活泼了，因为"与学好英语相比，更重要的是成为一个更好的人"。

14个孩子的大家庭

如今，柏兰庭和莫妮卡已经结婚35年，共育有14个孩子，7男7女，其中最大的接近40岁，最小的只有14岁。有些大孩子已经结婚生子，给他们的大家庭增添了新的成员。柏兰庭说，中国人口基数大，他对计划生育政策表示理解。但是他认为有同胞兄弟姐妹对孩子的成长非常有好处，而且他对中国逐步开放计划生育政策的做法也感到高兴。

或许你也会心存疑问，这么多的孩子会不会很难对付？但是莫妮卡说，这些孩子几乎从来不争抢或拌嘴，相处得非常融洽。他们的孩子出生在南美洲、北美洲、非洲和亚洲等世界各个地方。现在孩子们也都在不同的国家和地区生活，只有三个年纪较小的孩子与夫妇二人一同在北京生活。

他们特别懂得欣赏每个孩子。柏兰庭说，这个孩子可能头脑聪明，而那个孩子则拥有一颗纯净善良的心，这种品质也是难能可贵的。所以，对待孩子一定要因材施教，最重要的就是鼓励，用鼓励来帮助他们的心灵之花美丽绽放。柏兰庭说，他见过许多独断专行的家长，不仅在中国，在美国等其他国家也是一样。为了能给家长提供一个看问题的新角度，他们在培训项目和学校中开设了家长会，

让家长能够接触一些不同的思维理念，这样也有利于家长和孩子的沟通。

柏兰庭说，其实人这一生最重要的道理在幼儿园就已经学过了：乐于分享、尊重他人、遵守纪律。这些看似微不足道的品质能够帮助你成为一个快乐、成功的人。他说，好的品质和习惯和感冒一样也具有传染能力，如果人们都能用爱和友善来解决问题，这个世界就会没有冲突和战争，从而变得更加美好。

柏兰庭指着一张孩子们募捐表演的照片告诉我，这些衣服是莫妮卡设计的。莫妮卡说，大孩子会教小孩子各种知识，也教他们表演。如此一来，夫妇二人就没有那么辛苦，反而非常享受这种一家人共同合作的感觉。夫妇二人懂得欣赏和尊重彼此，也非常重视沟通，所以几乎从不吵架，凡事都会征询对方的意见，然后彼此支持。采访当天很冷，在采访将近结束时，莫妮卡摸了摸坐在一旁的柏兰庭的手说：“你的手都冻紫了。”柏兰庭笑着说，“你看，她多关心我！”在这样的家庭氛围下成长起来的孩子，自然也充满了爱心，懂得包容与付出。所以，这么多兄弟姐妹竟然相处得其乐融融，甚少出现矛盾，也就不足为奇了。

柏兰庭夫妇表示，由于所做的事情基本都是非营利性的，所以他们尽量节省开支，过简单的生活。他们在北京虽然不像在自己国家那样有大房子和花园，但是他们觉得很开心。柏兰庭说，物质和金钱并不能换取真正的快乐，他现在觉得很开心，而且对于他们来说中国就是家，他们目前仍打算留在这里。他们相信，每个人奉献一点点，这个世界就会发生很大的改变。

我的姐妹——艾丽

文 / 阮文贤

外教众生相

我所工作的学校是县城一所可以聘请外教的初中学校，第一年聘请外教的时候，领导让我这个英语教师顺便管管外教事务，这一“顺便”管管就是将近 10 年的时间，也让我与很多外教结下了不解之缘。

我们聘请的外教来来去去，有老有少、有男有女、肤色有黑有白、性格各异，大部分都能按照要求工作，因而大都相安无事，但是很少有外教在这个小县城待超过一年的时间。记忆深刻的有“快餐面”外教 Michael，他是一位大学毕业不久的美国小伙儿，因为头发又黄又卷而得“快餐面”的称号。他酷爱踢足球，所以很快在小县城朋友成群。还有澳大利亚外教 Garry，虽然已有 60 多岁，但工作敬业、富有爱心。因为他，学生中兴起买字典学英语的风潮，他自己出资将近 2000 元奖励学习积极的学生，他是和我交流最多的一位外教。他本人也在这里找到归宿，与一位叫 Suicy 的女士结婚，收获幸福。

艾丽 2 号、艾丽 3 号……

而我今天想和大家说的这位外教，在这里待了 8 年，她就是我们的喀麦隆外教 Edith Lekunga，我们称她：艾丽。曾有人提议帮她申请“友谊奖”，我觉得她没有达到获得那个奖的水平，但是我觉得我欠她一篇文章，为她的坚守和付出，为她对学生的爱，和我的姐妹情缘。我珍惜普通的外教带给我平凡的感动，平民之间的交往往往也是国家之间关系的缩影，折射出别样的异国情怀。

然而艾丽给我的第一印象不是很好。第一次见面，因为工作的需要我问了她一些问题，但感觉她除了姓名，其他都没有和我实话实说。按照我的观念，没有诚实做基础，就没有信任，就不会建立应有的友谊。随着工作生活接触的增多，逐渐对她这种行为有了不同的认识，所以开始谅解她的这类言行。艾丽来自喀麦隆，可是她常告诉别人她是美国人，因为她不想看到别人对非洲人的怜悯的眼神，更不希望看到别人对喀麦隆的不屑一顾。毕竟我周围的人对非洲人确实存在偏见，所以我有时也帮着她打马虎眼。至于她说自己的年龄在 20 多岁到 50 多岁不等，拥有孩子的数量有 1 个到 14 个不等，都是她跟那些对英语一知半解的人开的玩笑。

艾丽是典型的黑人美女。她五官清秀，身高将近一米七，衣着得体，仪态万千，应该是非洲男人梦中的佳偶。她爱打扮，爱漂亮，所以我们给她取了中文名字：艾丽，就是爱美丽爱漂亮的意思。她几乎每个月都会换一种发型，弄得有的学生很疑惑，以为又换了一个外教。艾丽往往会告诉学生，她这个月是艾丽 2 号、下个月是艾丽 3 号……她的衣服花花绿绿，首饰也琳琅满目，衣服首饰的搭配很有讲究，每次出门（大部分都是来上课）都是盛装出行。大家都说她美丽漂亮，她便喜形于色，用她最娴熟的汉语“谢谢”回答大家的赞美。她性格开朗，很快得到学生、同事的喜爱，艾丽成了学校乃至我们这个县城的知名人物。和同事混熟了，在路上她便常常会招手要求搭个顺风车，一开始男老师很乐意和她“亲密接触”，

“熊掌老师”艾丽在上课

可是经过几次不幸爆胎之后，艾丽就很少搭到顺风车了，只因她160多斤的体重，几乎是我的两倍。她去读汉语的加强班，选择教初中英语口语就是因为在教学的过程中学生可能提供更多教她学习汉语的机会，由此可见她对中国的喜爱。每次看到我穿旗袍，艾丽可真的是“羡慕嫉妒恨”，她唯一未了的心愿就是穿上中国的传统服饰——旗袍，但至今无法尝试，因此她的目标就是减肥减到能穿下我的旗袍！有一次我发了一张和她的合影给朋友，朋友大吃一惊，说我与“熊”为伴。我仔细一看，果然艾丽搭着我肩膀上的手犹如熊掌一般，煞是恐怖，所以后来艾丽又多了一个外号“熊掌老师”。

我与艾丽的姐妹情缘

“熊掌老师”记忆力惊人。她每年的学生有1000名左右，第一节口语课她都会给学生取一个英文名字，自己制作一个有英文名字和中文名字拼音的座位表，考核的情况也记录在这个座位表上面，期末就把学生考核的结果交给我或者该班的英语老师。令我最惊奇的是在教室之外她也能叫出学生的名字，跟他们聊天或谈论学习的情况；即使与有的学生已经相隔几年不见，她依然可以认出并叫出他们的名字。她很会鼓励学生，我们学校有个老师的儿子因为一时意气出走了，后来就是艾丽打电话把他劝回来的，并且还向艾丽保证会用功学习，不再惹家人生气。对这种情形我只能用一个词来形容：惊奇。

艾丽在很多事情上都很尊重我，逐渐愿意和我分享她的一些私密事情，开始依赖我。她小我几年，所以我觉得自己就是她的姐姐，她很高兴在中国有个姐姐。不过，我很不能容忍她乱花钱的习惯，她的钱都花在了头发服饰、旅行电话和一些花里胡哨的现代科技产品上了。今天拿了一个 iPad 在我面前炫耀，明天又带回来一个可以上网的录像机，拥有的手机、MP3 好几台……她的手提电脑用不到一个月就说坏了，要换。我逗她叫她贱卖给我，因为电脑没有问题，是她把所有东西都存放在 C 盘，堵死了运行不了。我常叫她省着花，存点钱，可是她依然我行我素。她说："这是我在中国的乐趣啊，姐，你别生气。"不过她每次向我哭穷，甚至有几次向我借钱，我不但不答应，还趁机训斥一通，把她乱花钱的事情一一列举，她无可奈何。她说这个世界上只有一个人敢骂她，这个人就是我。

回首再见春暖花开

2008 年因为学校有点变故，不想再聘请外教，事情比较突然。她埋怨我没有提前告诉她，让她稍有准备，我的解释没有得到她的谅解，到她离开那天我们还互相生气。那天冷雨纷飞，我没有去为她送行。后来我为此懊悔万分，那也许是我们人生最后一次见面了。我应该告诉她无论如何，我还是她的姐妹，不让她带着遗憾离开。后来她告诉我她的感觉和我一样。几个月之后事情有了转机，学校又想聘请外教了。我试着联系艾丽，她高高兴兴地回来。后来我才知道她其实可以在中国北方的大城市找到高薪的工作，接到我的电话毫不犹豫就回来了。后来也多次有这样的机会，但她最终选择了这个偏僻的小县城，和我在一起。

在我们学校搞的英语才艺表演大赛上，艾丽倾情演唱了一首《栀子花开》，台下的学生疯狂伴唱，全场进入了高潮。

让我以这首歌的歌词来作为这篇文章的结尾吧：

栀子花开

so beautiful so white

就是这个季节

我们将离开

难舍的你害羞的女孩

就像一阵清香

萦绕在我的心怀

栀子花开

如此可爱

挥挥手告别欢乐和无奈

光阴好像流水飞快

日日夜夜将我们的青春灌溉

……

是的，是时光灌溉了我和艾丽之间的友谊，使我们姐妹之花在流水的光阴中成长，春暖花开。（作者单位：广西钦州浦北外国语学校）

一位美国老人的中国心

文 / 戴志民

你能想象一位 90 岁的美国老人跟一群中国中年人常常聚集在 QQ 上兴致勃勃谈天论地吗？这可不是天方夜谭，而是现实中发生在我身边的事情。

这位耄耋老者是来自厦门友好城市——美国马里兰州巴尔的摩市的沃尔什（William J. Walsh) 教授。受美国友好交流组织的派遣，美国费城圣约瑟夫大学退休教授沃尔什先生于 1991 年至 1996 年到厦门电大教授英语口语。而这群中国中年人是 20 年前沃尔什教授的学生——厦门电大外贸英语普专班同学。他们毕业后一直跟沃尔什保持通信，先是 Email，后来改上 QQ 聊天。

笔者于 1995 年调入厦门电大工作，有缘跟他共事了近一年。初次见到沃尔什教授时，感觉他是位文质彬彬的长者，慈祥的眼神透露出一股西方人特有的自信；而他那略微修长又显匀称的身材、举手投足间流露出的优雅活泼，在西方国家也不为多见，显示出他良好的身体素质和个人修养。在此后一起共事的日子，以及他回国后的通信往来，均证实了这一印象。

作为新调入老师，我被指派负责组织学校英语角。英语角定在原电大图书馆三楼阅览室，每周举行一次，规模不大，老师、学生均是自愿参加。沃尔什几乎每场必到，自然成为主角。为了满足同学们的好奇心，他尽可能介绍美国的情况，有时还风趣地聊起他过去的生活，特别是在费城圣约瑟夫大学当教授的一些趣事儿。谈到激动处，他索性起身手舞足蹈，给大家一个身临其境的感觉。而那时他已经72岁了！

沃尔什教授还是位活雷锋，为人低调，经常做好事不留名。当年学校有位老师住院，这位病友当时正为昂贵的医疗费发愁，沃尔什了解到情况后，马上慷慨解囊，拿出一大笔钱让同事转交给她。不仅如此，学校有些经济困难的学生也得到他的经济资助。沃尔什一直低调地做着善事，鲜为人知。事隔20年，这些善举，直到最近才碰巧被我挖了出来。

1996年，沃尔什教授期满回国了。之后长达18年的书信往来，让我走近并深入了解他。

首先让我感到不可思议的一件事情，是沃尔什教授回国后不久，邮寄过来一大麻袋的英文原版书籍。原来他考虑到电大图书馆馆藏外文图书较少，英语专业的同学较难阅读到英文原著，就抽空到各个大学收集原版英文旧书，越洋邮寄过来供学生们阅读。从 1997 年开始，每年大概邮寄两批，连续寄了整整十年，捐书总数累计 1269 册。这些书可读性强，深受师生喜爱，其中有近百册厚厚的美国大百科全书、年鉴及原版名著，在全国各大图书馆中均属罕见，成为我校图书馆的馆藏珍本。

当年学校指派我负责跟他联络，定期向他汇报接收及管理使用情况。每次收到越洋而来、沉甸甸的书籍，我心里也感到沉甸甸的，不免担心已年届八十的他，是如何收集这些厚重的书籍，并不辞劳苦地打包寄到中国来的？翻到一封 2007 年 6 月份的邮件，他提到因巴尔的摩市邮局不再提供水陆邮件业务，邮寄国际书籍只能改用空运，而航空运费非常昂贵，因此不得不停止此项善举。信件结尾他明确表示很愿意继续跟我保持通信往来。

本文作者查阅沃尔什捐赠书籍

于是我们继续保持通信至今，他经常来信跟我分享快乐。每次有中国学生拜访他，他都会高兴地写信告诉我。前几年，他不顾 80 岁高龄，两次驱车从巴尔的摩赶到华盛顿，会见来访的郭晶同学及其先生；最近一位探望他的是 93 届厦门电大普专毕业生康丽虹，几个月前专程到巴尔的摩市拜访了他，聚餐并合了影。照片中，沃尔什教授一如既往、富有感染力的微笑，显示出他的活力和快乐。

有时收到他的邮件，我却感到很受挑战。一次，他居然跟我谈论白居易的诗，并陶醉于唐朝璀璨的文化当中！惭愧的是，作为中国人，我对唐朝文化的了解还没有他多。

最快乐的事儿，莫过于分享他在美国主流媒体看到的有关中国的报道。他给我转发长达 5 小时的中英联合制作影片《美丽中国》，并告诉我要慢慢耐心欣赏。2008 年北京奥运会后，他来信跟我分享中国首次举办奥运在美国观众中引起的巨大反响，“奥运开幕式在圣诞节期间一直重播好几次，”他写道，“这在美国引起轰动，张艺谋因此备受称赞。”我感觉到，他的喜悦之情丝毫不亚于任何一位中国人。

沃尔什教授还一直关注厦门环岛路上的国际马拉松比赛及鼓浪屿国际钢琴艺术节。近年来国内的诸多盛事，包括持续的经济增长，无不令他雀跃，为之欣喜。

“很高兴我能在中国分享我的英语口语及其教学方法。”沃尔什教授在最近的一封信中写道，“这同时也让我更多地了解当代中国及其优秀的年轻一代，以及有奉献精神的教师。这是我一生中最宝贵、最快乐的一段经历。”

这，就是一位美国老人的中国情结。这样的情结，常常萦绕在我心中；这样的一颗拳拳中国心，也早已与我们心心相印！

国土虽有疆，教育无国界。沃尔什教授20余年的言行，让我们深深地领会到：一个真正的教育工作者是如何跨越国界、超越肤色种族、身体力行地诠释了“教育无国界”的意境和内涵！（作者单位：厦门城市职业学院）

一个诺奖专家的建议

文 / 梁伯枢

皮萨里德斯近照，张新伟摄影

2月5日，诺贝尔经济学奖获得者克里斯托弗·皮萨里德斯专程从英国飞北京，前来参加李克强总理与外国专家的座谈会。作为座谈会第一个发言专家，他被安排坐在总理旁边，还在后来共进晚餐时与总理相邻而坐继续进行深入交流。

“我和总理聊了很多。他重视我的建议。”皮萨里德斯当面向总理就农业问题、农村劳动力转移、劳动力市场建设等提出了建议。回到宾馆，在接受本刊专访时，继续对年轻人就业创业、“互联网+”解决失业问题、引进外国人才等阐述了自己的看法。

对农业问题的建议

作为经济学家，皮萨里德斯对中国并不陌生，他曾经在香港工作过一段时间，多次来中国参加活动。他的妻子魏丽华是在香港长大的四川女子，早年留学美国，也是他了解中国的好帮手。他的儿子也娶了一个中国女子。

“总理和我主要探讨了农业的相关问题，比如如何提高农业的效率、如何增强城乡之间的流动性。”皮萨里德斯说。

“从发达国家的标准来看，中国农业生产率还比较低，农业所占劳动力比例在30%左右，仍处于高位。”他认为目前中国在农业领域存在两大问题：第一是农田地块较小，资本投入不足；第二是人力资源的利用效率相对较低，缺乏训练有素的劳动力。他向总理建议，应该通过扩大地块，更好地分配土地资源，通过农业机械化来提高农业整体的效率。

对劳动力转移的建议

向国家领导人提供建言，对皮萨里德斯来说并不陌生。他现在仍是自己的国家塞浦路斯总统的首席经济顾问（该国国民经济委员会主席），直接向总统就国家经济相关问题提供建议或作专题汇报。尽管如此，这是他第一次与中国国家领导人面对面交流，当面建言献策。

“中国自 1990 年开始的快速发展，很大程度上是由农业领域人力资源转移到工业及服务领域所支持的。”皮萨里德斯认为，现阶段中国经济转型，是以工业为主向服务业为主转型，政府应该设法帮助农村劳动力转移到工业和服务业领域，但是目前仍存在户籍、教育、住房等制约因素。基于以上思考，他一口气给总理提了三个对策：第一，进一步放宽户口制度，让农村的流动人口与城镇的职工享有同等的社会服务。第二，提供更多的教育和培训，使他们能够适应新经济形势下对更多技能的要求；否则，这些流动人口无法获得在城市工作的机会，就会导致劳动力市场的割裂。第三，解决他们在城市的住房问题，政府应该采取必要的政策，包括提供保障性住房或者提供住房资金支持，这样有利于构建好的劳动力市场。

对劳动力市场的建议

“我的父亲是一个商人，他需要雇一些伙计。这些雇佣关系和其中的很多事情给我留下了一定的印象。后来我发现自己可以通过自己的研究发现这些劳动力市场的很多内在规律和奥妙，我真的很兴奋。”在一次采访中，皮萨里德斯说起受父亲影响，他从小时候便开始对劳动力市场产生兴趣。后来也正是因为在劳动力市场和宏观经济等方面的研究成果，2010 年他获得了诺贝尔经济学奖。

对中国的劳动力市场情况，尽管皮萨里德斯并没有像对欧盟那样进行过长久的研究，不过，他清楚目前中国大多数的就业机会都是由规模较小的民营企业所创造的。他向总理建议：中国劳动力应该向有潜力的民营企业倾斜，而不应该将民企放在相对国有企业不利的地位。比如说服务业，他认为，这个行业将产生大部分新的就业岗位。“服务领域大多数是私营性质的中小企业，如果管制过多就会减少技能较低者找到工作的机会，从而导致高失业率。”

“中国失业者，尤其是流动人口失业者，很大程度上是依赖于家庭支持的。在新的城市经济环境下，这种做法是不可行的，应该发挥社会化支持作用，包括失业保险、低收入保险、养老金。”皮萨里德斯对总理建议说。在他看来，流动的劳动力、灵活的企业环境、政府支持下强有力的社会保障体系三者组合，是构建未来劳动力市场的最佳途径。

对年轻人就业创业的建议

年轻人就业是一个世界性难题，希腊、西班牙 25 岁左右的年轻人有一半以上没有工作。在中国，年轻的大学毕业生就业压力也非常之大。

“人们希望大学生一毕业就找到与所学知识对口的工作，然而世界上任何一个国家都不可能做到这一点。”皮萨里德斯多次表示，他一点也不担心大学生的就业问题，这些年轻人需要花一点时间才能找到他们最适合的工作，他鼓励年轻大学生学习自己感兴趣的东西，多接受培训。

有人批评，中国高校教学与社会严重脱节。皮萨里德斯称自己并不十分了解中国教育的真实情况，同时也并不认同这种观点。“如果你学的是历史、文学、艺术、新闻，但是你毕业后从事了制鞋业，这也没有什么了不起的。你愿意一生都只了解有关鞋的知识吗？那样的话就太无趣了。”大学教育或学校教育目的在使学生成为全面发展的人才。

中国政府倡导年轻人去创业，有人担心，连工作经验都没有就去创业肯定要失败。对这个问题，皮萨里德斯的回答是：“根据概率论，创业有 60% 的可能性会失败，但是只要不留下创伤，年轻人承担这种风险并非坏事。”

在这方面，他认为美国要比欧洲好，甚至连中国也比欧洲要好。“在美国，年轻人乐于创业，建立新公司，希望最终成为像 Facebook 这样了不起的公司。一旦失败了，他们只是哈哈一笑：我努力做了，然而我失败了，接着再做别的。但是在欧洲，如果你一次尝试失败了，几乎相当于切断了其他的资金来源。这给你留下创伤。欧洲的创业环境并不好，欧洲年轻人经历的风险较少。”

皮萨里德斯接着介绍说，目前世界前 20 的创业公司，都是由小人物甚至大学一年级学生白手起家发展起来的，这其中只有 1 家创办者是欧洲人，而有 4 家是中国公司。“鼓励年轻人创业、承担风险，也可以说是个好主意。”

对“互联网 +”解决失业的看法一直以来，全球劳动力市场存在严重的信息不对称现象：一方面是用人单位有岗位空缺而找不到合适的人。另一方面，求职者想工作却找不到合适的岗位。如果实现“互联网 +”，这种现象是否就能够消除呢？皮萨里德斯称：“这正是我目前在开展的研究。”

总的来说，他认为，互联网对求聘双方的结合会起作用，但不会彻底解决这一问题。因为互联网不可能像面对面那样，完完整整介绍清楚一个人或一份工作。“如果有人需要经济专家，我对这份工作感兴趣，我该如何在网上描述我自己呢？我只能描述我获得的学位，曾经做过的工作，然后便会开始说那些人们常说的愚蠢词语：积极性高、工作努力……但是招聘机构又怎么知道我说的是真的呢？我也无法展现在工作中呈现出怎样的一种工作状态。所以，我认为互联网并不能完全解决这一问题，任何方式都不能替代面对面的直接交流。”同理，对工作岗位描述也是一样，尽管可以在网上发布很多文字，还可以附上图片，但是仍不能让求职者完全弄清楚这个岗位的全部含义。

对引进外国人才的建议

“英国为什么能够吸引你长久留在伦敦从事研究工作？”

“这个话题说来话长。伦敦政治经济学院是一所非常优秀的大学。我也有其他选择，比如美国哈佛大学，最终选择它是因为我想在欧洲生活。我完成学业以后，自己的国家塞浦路斯的政治情况非常不好，国家四分五裂。于是选择待在英国，希望看到塞浦路斯的政治状况能够有所好转，后来慢慢地就喜欢上在英国工作和研究。”

皮萨里德斯回忆说，“通常情况下，一个人来到陌生的国家，前两三年并不容易。头两三年我几乎是被迫留在英国，因为我自己国家的政治状况非常糟糕。有一段时间，我曾打算回塞浦路斯。后来我开始了一项关于欧洲劳动力市场的研究，范围涵盖整个欧盟。欧洲研究委员会为研究提供的资金支持非常慷慨。从此，我就留在英国，把时间花在欧洲研究委员会赞助的有关欧洲劳动力市场的研究上，直到现在，它已经成为了我目前的主要工作。”

归纳起来，皮萨里德斯之所以留在英国，主要出于以下考虑：一是自己国家不稳定，二是英国拥有国际一流的大学和研究平台，三是欧洲有充足的研究经费支持。

那么对于中国呢？中国需要具备什么样的条件才能吸引皮萨里德斯这样的人才来华工作呢？

谈到吸引外国人才，皮萨里德斯认为全球人才存在一个很有趣的现象。就是如果一个国家能让他们有充足的时间做研究或课题，或者使他们觉得自己做的事能在某个方面产生影响，那就能吸引到世界各国的研究者，包括像他或他认识的同行。

“充足而自由的研究时间是非常重要的，或者能感受到其他人真正重视自己的研究，而不是昙花一现，这些条件结合起来，就会吸引到外国人才。”他笑着说，“我和总理进行交流的时候，他提到了一个当前经济问题，像这样的问题就会吸引到关注劳动力市场的专家，但是需要给专家时间来进行研究，比如说 6 个月等等，因为卓越的研究需要慢慢来。”（皮萨里德斯专访录音　翻译整理刘畅）

太仓的德国“招商红娘”

文 / 杨美萍

克罗斯特

身为一家咨询公司的老板，77 岁的曼弗雷德 · H · 克罗斯特 (Manfred H. Krost) 总是推荐他的客户到苏州的县级市太仓投资。这是为什么？

“不仅仅因为我的公司在太仓，还因为那里有良好的基础设施和突出的地理优势，更因为当地政府的亲商理念、服务质量和办事效率都让人满意。”面对类似的疑问，克罗斯特总是这样回答。

做经理为太仓经济做贡献

曾供职于德国舍弗勒集团的克罗斯特，首次踏足太仓还是在 1996 年。当时他和一位同事在上海出差，听说一家德资企业落户上海附近一个叫太仓的城市，两人就想一探究竟，谁知竟留下了非常深刻的第一印象。

“那是一个夏天的周末，我们打车到太仓，一路上只花了几十分钟。这着实让我们惊叹两座城市的距离之近。”当时的太仓经济并不太发达，克罗斯特印象中整座城市只有一家像样的宾馆，因此两人当天就回到了上海，“但那里绿树成荫、干净整洁的环境，让我想起了自己的家乡——位于德国中南部的一个小镇。”

巧合的是，为了满足日益增长的中国和亚太市场需求，舍弗勒集团次年决定在中国投资建造生产基地，地点就选在太仓。由于多次到亚洲和中国出差，对中国的市场相对熟悉，舍弗勒集团最终派遣克罗斯特到太仓，担任中国分公司的总经理。

面对集团的决定，克罗斯特毫不犹豫地答应了。就这样，他离开了德国，来到了美丽的太仓——这个后来成为他第二故乡的城市。

在太仓的前 7 年时间，克罗斯特经历了公司成长的整个过程。在他的领导下，舍弗勒太仓工厂员工由初期的 50 人发展到 350 人，年销售额以每年两位数的速度增长，由最初的几百万元增加到 1 个多亿。太仓工厂因此成为舍弗勒集团在全球范围内最大的生产基地之一，也成为江苏省内最大的德资企业。

退休后继续为太仓招商引资

2004 年 5 月 31 日，年满 65 岁的克罗斯特光荣退休。此时他完全可以拿着丰厚的俸禄，回到德国享受良好的社会福利，并在那里安度晚年尽享天伦之乐。然而克罗斯特作出了一个惊人的决定：继续留下来。凭借对太仓投资环境的熟识以及与地方政府之间的深厚感情，他架起了一座为太仓经济发展“引进来”的友谊桥梁。

“我不是那种可以在咖啡店里坐一整天，从早报看到晚报，或者看电视打发时间的人。我喜欢忙碌喜欢做事。”总是笑脸迎人的克罗斯特说，“做事情可以让我保持年轻，对我的大脑也有好处，因为工作的时候你必须全神贯注，不停地动脑子。”

克罗斯特决定继续留在太仓还有另一个原因：2001 年，他的太太去世了，而他唯一的女儿也早已成家立业，有了自己的家庭生活，“如果我的妻子还活着，我肯定要回去陪她的。”

“虽然决定留在太仓，但我会定期回去看女儿，看看两个外孙女。”言语之间，克罗斯特透出浓浓的亲情。

2004 年 7 月，克罗斯特成立了以自己的名字命名的克罗斯特业务咨询（太仓）有限公司，为那些想来太仓发展又对太仓环境和投资程序不了解的外资企业提供咨询和帮助。“中西文化之间的差异还是很大的，所以我提供的服务也多种多样，从投资地点的选择，相关证件的办理，到人事的招聘，与地方政府的沟通，甚至是开业准备等等，我都可以提供帮助，这些都是初来乍到的外国企业所需要的。”克罗斯特说。

截至目前，克罗斯特的公司已经为 70 多个国家的投资者提供了咨询服务，其中 90% 的投资者都来自他的祖国——德国。通过克罗斯特的牵线搭桥，50 多家德国公司已落户太仓，包括克朗斯、海瑞恩、高迈特、汉德、欧皮特、毅结特等 30 多家世界著名德国企业。

值得注意的是，克罗斯特服务的大多数顾客都是有兴趣来华投资的德国家族企业或新兴企业，“大公司一般早就进驻中国了，而且他们本身的机构也大，各个职能部门都有，不需要找我们提供服务。但小企业就不一样了，他们现在还不太了解中国市场、中国文化，但又很有发展潜力，所以我的主要目标集中在这一类企业上”。

太仓招商优势得天独厚

克罗斯特认为，在吸引德国中小型企业上，太仓具有得天独厚的优势——位于长三角中心地带的太仓，虽然面积只有 800 多平方公里，户籍人口仅 47 万，但它却被《福布斯》杂志列为中国 50 大最佳商业城市之一。

2006 年，太仓设立了德资工业园，被中德两国政府授予“中德企业合作基地”。“在德资工业园内，一些小企业可以以非常优惠的价格租用政府提供的办公室和厂房，享受税收减免优惠政策。等到企业做大做强后再购置更大的办公和生产区域。对处在起步阶段的企业，这些都是非常好的政策。”克罗斯特介绍说。

此外，太仓还有一个地理优势：紧邻上海这个国际金融中心和交通枢纽，“很多德国投资者和家人都住在上海的青浦区，那里距离太仓只有半小时的车程，还有很完善的德法双语国际幼儿园和国际学校，可以让孩子们接受国际化的教育。此外，从青浦到上海市中心也很方便，女人们可以时不时地进城购物。”克罗斯特不时显出顽童本色。

事实上，克罗斯特本人就住在上海市区，因为他的很多客户都是来上海出差的企业高层，他们的行程非常密集，无法到太仓与他进行深入的交谈，“所以我就住在上海，方便与他们接洽”。

“从这一点来讲，太仓很好地将上海的优势化为了自己的资源，这是很多地方做不到的。”克罗斯特表示。

此外，太仓市政府在招商引资方面的工作也有目共睹。“不管是在担任舍弗勒太仓工厂负责人的 7 年时间，还是我自己开公司的 10 多年，让我感触深刻的是，太仓市政府的亲商理念、服务质量、办事效率。不管企业遇到什么困难，当地有关部门都会主动来排忧解难。”克罗斯特说。目前在太仓的德国企业已经达到 200 多家。

“我会一直工作到无法工作为止”

在太仓，德国投资者们还很关注当地的慈善事业。为此他们成立了一个名叫“太仓圆桌”的组织，定期会面看有没有机会为当地人做点事情。“我本人就与太仓当地的学校、社区结对帮困，经常捐款捐书，并先后以个人名义向福利院捐赠了 6.5 万元善款。”克罗斯特说。

为了表彰克罗斯特在过去 10 多年里为太仓和江苏的经济建设、

社会发展等作出的突出贡献，江苏省、苏州市和太仓市政府先后授予他多项荣誉称号，包括江苏省五一劳动奖章、江苏省经济顾问、苏州市荣誉市民、太仓市荣誉市民、太仓商务局外商投资软环境投资顾问、“太仓骄傲”十大新闻人物、太仓市第五届精神文明建设十佳新人新事、太仓市慈善总会名誉理事等。

2014年克罗斯特荣获“江苏省友谊奖”，这是江苏省嘉奖外籍专家的最高荣誉。他说，非常高兴他的工作能够得到中国人民和政府的认可，“我会一直继续工作，为中国和德国、欧洲的合作交流尽一份力，直到无法工作为止”。（苏州市外国专家局推荐）

国际创客的“国际创客走廊”

文 / 吴星铎

阿德南·哈菲兹，1987 年出生于巴基斯坦。2005 年首次来华，就读于大连医科大学。在校期间成绩优异，获得“中国政府奖学金”，攻读硕士，并获得“大连市政府留学生特别贡献奖”，以及“优秀留学生毕业生”称号、连续五年“优秀班长”称号等多项荣誉；参加中央电视台和国家汉办主办的“汉语桥”，并取得优异成绩。同时还获得大连市 “自强·俊青年”称号和大连市民间组织颁发的“世界和平奖”。2014 年担任天阳医疗器械有限公司国际市场部总监，同年担任大连林德商务管理咨询有限公司董事长。2016 年，成立大连菲尔巴国际贸易有限公司，现任董事长。

“现在中国宏观政策支持创业，并创造了良好的创业环境。不过对于外国人来说，想在中国创业成功并不简单，除了创业项目本身，还得有一定的语言沟通能力、环境适应能力、市场信息的掌握以及人脉资源。”阿德南·哈菲兹（Adnan Hafeez）说。这个在大连学医8年、说着一口流利汉语的巴基斯坦小伙自己“先吃了螃蟹”，成为一名国际创客，尝试在大连开创一片天地。他在当地政府的支持下，发起“国际创客走廊”项目，有针对性地帮助中外大学生实

“国际创客走廊”发起人之一阿德南

现中外资源对接。

不变的是最初的理想

别看阿德南现在汉语说得非常流利，一开始他对汉语，“其实是拒绝的”。

2005 年，阿德南来到大连医科大学读本科临床医学专业。这个专业是全英文授课，不用学习汉语，这甚至也是阿德南选择这个专业的原因之一。

后来，他主动地爱上了汉语。在校读书的时候，这个热情的大男孩就非常活跃，担任学生会主席、校友会主席，组织参加各国留学生的各类活动，除了学习，大学的生活让他对中国、对大连有了更为感性的了解。喜欢上这座城市，也是从那时开始的。正是要在各类活动中和中国师生交流，促使了阿德南主动地自学汉语。他从来没有报过汉语班，而如今，毫不夸张地说，跟他交流的时候如果你闭上眼睛，会觉得是一个中国人在说话。

2010 年，阿德南本科毕业后按部就班地回到了巴基斯坦，成为了一名医生，但他与大连的缘分还在继续。2011 年，他再次回到母校，攻读骨外科硕士学位。硕士毕业后，他选择留下来，并且做了一个决定：放弃学了 8 年的医学，毅然决然地选择创业。

阿德南说：“研究生毕业之前我的想法和其他同学没有什么不同，就是毕业后一起回国，找份工作，从事所学的专业。不过后来我改变想法，想找一份工作留在中国，先学习一些知识，扩大人脉资源再自己做点事情。”

“其实学医到现在也是我最大的理想，以前读大学的时候我们认为学习什么专业就应该做什么工作，但是后来发现其实学习只是让我们进步，是一个提高自己的方法，而工作是提供生活保障的行为，所以这两个不能混在一起。”阿德南说。他认为自己学医的目的就是帮助更多的人，为他们解除病痛，这份工作在他心里一直是崇高的。由于本身是学骨外科的，所以对于阿德南来说，找一份医疗器械公司的工作并不困难。“但我开始之前就解除了工作关系，然后慢慢地开始了自己的创业生涯。”

之所以选择创业的道路，也是水到渠成。在校期间，阿德南了解到中国提出“一带一路”战略。他感觉，中国与巴基斯坦的合作交流机会会越来越多，将会有更多的需求。“以我个人的性格和条件，我感觉如果我从事两国之间的文化交流以及商贸合作方面的工作的话会更好。”阿德南说，“这其实也符合我最初的理想——为需要帮助的人提供服务，解除他们的病痛，只是这个形式不一样，当医生是在医院我为个体患者服务，现在我为大环境服务，为两国国家之间人们的沟通、交流去服务。”

瞅准需求去创业

2014 年，毕业后的阿德南与中国朋友一起成立了林德商务管理咨询有限公司，专门针对外国人做商务服务和咨询。

“中国近年来各方面发展非常迅速，越来越多的外国人喜欢来中国工作、学习、生活，因为大家都看到了中国的发展前景。”阿德南就是瞅准了这方面的需求，开始了自己在大连的创业之路，做起中巴交流往来的“桥梁”。

最开始，他也经历了一段迷茫期。首先是签证问题。最初申请的工作签证是一家医疗器械公司，在与那家公司解除劳动关系之后，他的签证成了问题，他必须要把关系转到另外一个公司，成立这家商务管理咨询公司，首先把自己的工作签证转到这边来了。

阿德南在大连医科大学附属第一医院做住院医师培训时查房

然后是起步阶段的困难。“我们准备开展相关的工作，但是由于刚开始什么都不熟悉，也没有经营公司的经验，一切没有想象的那么顺利。”阿德南坦言。他说，这个过程中有朋友一直在帮助他，能够让他坚持到最后。

后来公司开始合作了一些小项目，也联系了在华的其他的巴基斯坦企业，筹备成立中国巴基斯坦商会。“为在华注册的巴基斯坦企业提供服务，所以后来的合作就很顺利了。”阿德南说，他目前担任中国巴基斯坦商会筹备委员会的秘书长。

“国际创客走廊”诞生记

自从成立了林德商务之后，阿德南就整天研究怎么样能够把自己在创业过程中遇到的各类问题整理好，为其他人提供帮助，这段时间，阿德南也积累了一些人脉资源。“我以前的同学有的找我帮他们创业，或者可以带他们一起创业。”阿德南说，他发现，很多外国人想在中国创业，不过，有的担心，也有的不清楚政策环境，“很多外国朋友有着我曾经历过的困惑和问题，我就想，能不能搭建一个平台，给外国人在中国、在大连创业提供指导和帮助。”

外国人在中国创业会遇到哪些问题和困惑？阿德南说，因为中国目前是非移民国家，很多政策和法律条款都是针对中国人的，而且内容通常只有中文。如果外国人以外商投资的形式进来，那应该很方便。但是创业者就不一样。第一对政策不了解，第二对办事程序等公司经营形式不熟悉，第三开展业务的时候缺乏信任度，没有市场资源，很难把自己的业务或产品推入市场，等等。“这些问题说起来就是一堆，简单的来讲就是如果你是一个普通的外国人的话创业非常困难。”阿德南笑说。

在这个需求的基础上，阿德南产生了成立“国际创客走廊”的想法。

时逢中山区大学生创业园全面升级，阿德南的想法引起了重视。作为发起人之一，2016 年 3 月，“国际创客走廊”项目在中山区大学生创业园揭牌。阿德南说，这是一个为国际年轻创客打造孵化器、

阿德南（中）与两位合伙人

致力于中外大学生合作创业的平台。

“这个走廊的主要目的就是为外国创业者提供便利条件，减少他们在创业道路上走一些弯路。我做了策划以后跟大连市人社局的相关领导汇报，包括很多企业家朋友也进行了沟通，大家都觉得这个项目非常有意义而且确实有可操作性。”阿德南介绍说。

“国际创客走廊”成立的过程也并非一帆风顺。这个平台是服务平台，前期运作需要大量资金，这个想法虽然很多人认可但是最开始一直没有找到投资。“最后人社局领导给我推荐盛和塾中山区大学生创业园，我跟创业园的负责人表达了自己的想法，他认真听了以后很赞成我的思路，并建议我尽快开始做，不然等太久了可能很难落实。

于是我找了我的两位同学做合伙人，2016 年成立菲尔巴国际贸易有限公司，在其旗下成立‘国际创客走廊’。”

阿德南为笔者分析了为什么这样做，主要有两方面的原因：第一，“国际创客走廊”是一个平台，需要有一个主体来支撑它。第二，“国际创客走廊”前期需要很多的资金，如果只成立一个平台，那经济来源没法保障，而成立贸易公司后，贸易公司会成为收入来源，能够开展实体业务，维持公司正常运转，并且给“国际创客走廊”一定的支持。这样菲尔巴作为“国际创客走廊”的主体，也就是说“国际创客走廊”是菲尔巴的一个品牌，专门为创业者提供咨询服务。

前期工作完成后，2016 年 3 月 17 日，大连市人社局、中山区人社局、盛和塾以及菲尔巴共同揭牌成立“国际创客走廊”。

这个平台主要集中解决沟通不畅、资源匮乏、政策不了解、创业和就业难等问题，有针对性地帮助中外大学生搭建中外资源对接、政府政策扶持、国际创客资源交流的平台，确保合理、合法以及可利用资源的充分利用。

眺望“国际创客走廊”

“目前‘国际创客走廊’的发展情况良好，也有了很多合作伙伴，并有多名外国人有意向 2017 年进入我们的平台。目前大连市政府的各个部门特别重视‘国际创客走廊’的进展并提供更多的优惠政策。”阿德南介绍说。谈到大连市政府的各个部门对“国际创客走廊”的支持，阿德南说：“我们的项目据我所知是全国唯一一个。大连市人社局、中山区人社局以及盛和塾中山区大学生创业园对我们的支持包括：免费提供办公场所、资源对接、平台推广等，力度很大，非常感谢他们。”

“但是由于全国截至目前还没有出台针对留学生创业的具体政策，所以也只能慢慢观察发展情况，根据实际情况进行申请优惠政策包括税收等内容。所以我们作为‘第一个’，机会特别好，不过同时压力也比较大。”阿德南坦言。

目前，在“国际创客走廊”平台上，有两位国际创客准备在2017年春节后成立公司，其中一个是美国人，另一个是加拿大人。

“同时我们会在今年毕业季期间与多所高校合作，宣讲我们的平台业务以及服务优势，因为一直以来我们还没有正式的宣传，所以希望今年会有很大的起色，会有更多的人认识、了解我们的平台，并选择合作。”阿德南说，目前“国际创客走廊”正在跟一些高校合作设立实习基地，这样学生在大三的时候接触商业活动，学习经验，培养他们的创业思维。并为这些学生提供实践的机会，让他们毕业前掌握一定的实际操作知识。

阿德南说，菲尔巴国际贸易公司除了“国际创客走廊”平台之外，现阶段还在做跨境电商和互联网 + 旅游业务。跨境电商，即国际间贸易，在线上线下同时发展机械设备、工艺品、干果、文化体育用品等多种国际间商品贸易，并创立巴奇山果等多个自主品牌；互联网 + 旅游，即发展中国、巴基斯坦旅游双向旅游，促进两国民间交流，促进经济发展。

“巴基斯坦历史悠久，中巴旅游是非常好的市场，有很多特色的旅游景区，但一直以来都没开发出来。”阿德南说，“中巴的贸易交流很多，但有些问题解决得不好，比如资金周转问题。在巴基斯坦我们成立了一个项目，类似社交 APP，这款软件不仅可以社交聊天，还有网上支付的功能，能够满足中巴商家之间的贸易需求。”

阿德南，这位国际创客，行走在“国际创客走廊”里。而跟随他，借鉴他的经验扎根中国的国际创客，相信会越来越多。

诺奖得主给中国经济支招

文 / 左娜

2003 年诺贝尔经济学奖得主罗伯特· 恩格尔 （张新伟摄影）

2017年初，正值北京的严冬，友谊宾馆的“外国专家建言会”现场却因2003年诺贝尔经济学奖得主罗伯特· 恩格尔（Robert F. Engle）的到来而气氛热烈。

恩格尔是纽约大学斯特恩商学院经济学教授，现为美国计量经济学学会会员和美国艺术与科学学院院士。他发明的ARCH模型（自回归条件异方差）为描述金融时序数据波动的多变性提供了一种简洁有力的分析方法，这种模型已成为研究人员以及金融市场分析人士用来评估价格和风险的必不可少的工具，恩格尔也因此被授予2003年诺贝尔经济学奖。

会后，我们有幸采访了恩格尔，与这位大咖聊中国，聊中国经济。

半路出家的经济学家

其实，恩格尔是物理系科班出身，投身经济只是半路出家。

1964年，恩格尔从美国顶级文理学院——威廉姆斯学院毕业，拿的是物理学学士学位。随后他又到康奈尔大学继续求学，主攻高深的理论物理。那时，“热血”的他还渴望成为超导研究小组的一员。

然而，等物理硕士学位也拿到了，恩格尔却在向物理学博士进发的路上突然停了下来。“我决定转到经济系读博士。比起高深的理论物理，我更想研究一些世界上不仅仅只有十来个人才能搞得懂的东西。”

有了转系的想法以后，恩格尔就跑去康奈尔经济系系主任的办公室跟他谈。“没想到，对方爽快地告诉我，转系没有问题，但是必须在走出办公室之前就做出决定：转，还是不转。”

恩格尔迅速给出了肯定的答案。“一直以来我都是准备当一个科学家的，转系对我来说是一个重大决定，但我当时已经深思熟虑，所以不再犹豫。唯一担心的就是父亲会不同意，但后来一切顺利。”

多年的物理背景给了恩格尔扎实的数学基础，这让他在攻读经济学博士时应对起数学内容来驾轻就熟。但是从物理思维转化到经济学思维，恩格尔却花了很长时间。

“一开始，我发现经济学中的数学对我来说很容易。然而并不是数学好就能做经济学家。在读博士的 4 年中，我觉得对经济还只是一知半解。我花了很长时间才学会怎么去问对的问题，学会像经济学家一样思考。”

拿到经济学博士学位后，恩格尔曾先后在麻省理工大学、加州大学圣迭戈分校从事教学、研究工作。在实践中，恩格尔慢慢摸索出了自己的研究方向：发挥优势，专注以数学、统计为基础的计量经济学，做数学模型、数据分析。最终让他拿到诺贝尔奖的 ARCH 模型也是基于计量经济学的研究成果。

1999 年，恩格尔加入纽约大学斯特恩商学院，工作至今。在纽约这个世界金融中心，每天成千上万的数据为恩格尔的金融模型研究提供了源源不断的养料；而商学院同事提出的金融实践上的观点，又深深启发了他的模型研究。

回忆起半路出家，从物理硕士成功转型为诺贝尔经济学奖获得者，恩格尔总结了两点：一是物理学培养出的良好研究思维，二是理论结合实践的能力。

“物理学是一种很好的思考世界的方式。研究物理学的时候，我们做实验、观察、尝试去得到结论，经济学也是如此。我们看见数据，然后尝试推测经济学机制是如何工作的。另外，实际操作总是比单纯的观察、学习管用。我们需要把理论付诸实践，尝试用不同的方法解决问题。这个过程缓慢且痛苦，但 ARCH 模型也就是在这个过程中产生的。”

中国缘伴他从学生到教授

恩格尔与中国的缘分，在他踏入经济学的大门之初就开始了。

当年，恩格尔在康奈尔大学经济系系主任办公室做出转系的决定时，系主任就对他说，你上楼去找刘大中教授，他会帮助你。

初入经济学“江湖”，恩格尔就拜在著名华人计量经济学家刘大中的门下，此后成为刘大中的得意门生。刘大中在学界享有盛誉，他构建了多种计量经济模型，是台湾经济奇迹的主推手之一。

转系以后，恩格尔先是跟着一位挪威籍的教授学计量经济学，第二年等刘大中从台湾访学回来，他才跟着刘教授把这门课又学了一遍。“两次课程非常不同，刘教授总是让我受益良多，是一位良师益友。可惜他在中国大陆经济起飞之前就离世了，如果今天他还在，肯定会对中国的经济奇迹非常感兴趣。”

1985年，在中国教育部和美国福特基金的资助下，中国人民大学开办了一个经济学名师班，邀请三位美国名师来华授课，学生也是从中国大江南北选拔出的尖子。作为受邀的三位名师之一，恩格尔第一次来到了中国。

“那是6个星期的课程，我们3人每人上两个星期课。我负责计量经济学，缅因·狄康特教微观经济学，2015年获得诺贝尔经济学奖的安格斯·迪顿讲经济发展。”

初遇中国的恩格尔发现，中国学生求知若渴，而且对计量经济学很感兴趣。“我本以为学生们更想听实际的经济问题，但后来发现，他们喜欢的是数学模型、时间序列这些计量经济学中最新的理论，而且大多数学生的数学功底都很扎实。”

但是，这些可爱的学生有时也过于安静，这让恩格尔颇为头疼。“我想了很多办法来让他们发言。比如说为主动回答问题的人准备一个小奖品。两个礼拜课程结束后有一个考试，我还给前两名准备了 T 恤作为礼物。”

课程结束后，恩格尔还去了上海、桂林、成都。在流连于神秘、美丽的风景时，恩格尔也被独特的风土人情所吸引，满眼的自行车、中山装令他印象深刻。

“那时人们还没有电脑手机，会英文的人很少，外国人也很少，我们所到之处时常会有市民围观。再后来，大约 20 多年里，我又陆续去了西藏、云南、安徽、浙江、福建等地，走过了中国的大江南北，也亲眼见证了中国翻天覆地的变化。如今在中国城市，我看到年轻人朝气蓬勃，所有人都在学习英语，他们都说自己现在处在一个好时代。”

初次访华的 30 多年后，一条 “红线” 又牵起了恩格尔与中国的缘分。

2012 年，中美合作创办的上海纽约大学（以下简称上纽大）正式成立，由康奈尔大学原校长、北京大学国际法学院创始院长杰弗里・雷蒙 (Jeffrey Lehman) 任常务副校长。上纽大成立的仪式上，恩格尔特地赶到上海为老朋友雷蒙捧场。

“我们讨论，要不要做点什么事情来庆祝新校园建成。我建议说，也许可以在上纽大增加一个我的波动实验室（V-Lab）的分支。我俩一拍即合，建实验室的事情很快提上议程。”

波动实验室是恩格尔于 2009 年在纽约大学创立的斯特恩商学

院波动研究所的一个重要组成部分，对金融市场，尤其是美国金融市场的风险和金融计量经济学的相关前沿课题进行实证研究。

2014 年 11 月，恩格尔为上纽大准备的这份生日礼物——上海纽约大学金融波动实验室正式落户上海。“我们建立了相关的模型，追踪了 2600 多支在上海和深圳上市的股票，实时倾听中国金融市场的心跳。”

金融波动的“心电图”

打开波动实验室的网站，一张世界地图出现在首页，各大洲、各个国家用深浅不一的红色、绿色标出，以显示相对波动率的高低。相关性、系统性风险、长期风险价值、流动性等多项金融指标变化的曲线构成了中国金融市场波动的“心电图”。

“波动实验室关注的重点就是系统性风险，用 S-Risk（即系统性风险 Systematic Risk）指标来量化全球金融市场的系统性风险大小。”恩格尔介绍。何为系统性风险？简单来说，就是金融市场中宏观的、外部的、不能预计、不可控制，单个金融机构难以幸免的“超级风暴”，比如 2008 年美国的次贷危机。“2015 年 6 月中国‘股灾’的时候，我们的模型激烈震荡，显示中国股市的系统性风险很大。但其实‘股灾’之前那一段疯涨时期，系统性风险同样很大。

这个模型的原理说起来很简单，当市场超出预期地大幅度波动时，系统性风险就会升高。而且波动一般是延续性的，如果今天也波动，明天也波动，未来不稳定的可能性就更大。”

在波谲云诡的金融市场，预测未知的风险是不可或缺的生存之道。波动实验室的 S-Risk 指标就是要算出当下一次金融危机来临之际，具体需要多少钱才能将某个国家或者某个金融机构“打捞上岸”，让其安全度过“超级风暴”，回到正常轨道。

“美国经过次贷危机的调整后，风险已逐渐回到危机前的水平，欧洲也正从欧债危机中复苏，但亚洲的系统性风险增长迅猛，特别

2016 年 11 月 24 日，恩格尔到访清华大学五道口金融学院，并做客清华五道口全球名师大讲堂

是中国。”恩格尔说，根据波动实验室的最新数据显示，目前中国系统性风险较高，总资产缺口高达 6800 亿美元左右。

那么，中国能否抵御系统性风险？“不像葡萄牙、爱尔兰、希腊等国，中国有 4 万亿美元的巨额外汇储备，而中国的 S-Risk 也就 6800 亿美元，能够轻松救助，因此短期不会爆发金融危机。”

不过，恩格尔也提醒，中国应更加警惕系统性风险，特别是中国的银行需要提高抵御风险的能力。

“在近年来的世界经济危机中，美国的金融机构之所以屡屡陷入困境，很大的原因是他们总是寄希望于政府担保。如果中国的银行都觉得能轻松从政府那里得到救助，未来仍有导致危机的可能，这样同时也会降低中国资产配置的效率，妨碍实体经济增长。”

给中国经济支招

今年 1 月 12 日，恩格尔参加了“外国专家建言《政府工作报告》专题研讨会”，与来自英国、日本、美国等六个国家的另外 10 名外国专家一起，将对中国问题的观察和思考汇成沉甸甸的“外国专家建言”，带给《政府工作报告》起草小组作为参考。

“我的建言主要围绕中国应如何防范系统性金融风险。”恩格尔给出了多条“锦囊”，其中之一就是定期给银行做常规的压力测试，并且公开测试结果，必要的话根据结果对银行进行资产重组。

“压力测试的结果将作为衡量银行接下来几年表现的基准。这样银行就不会拿着那些不盈利或者盈利表现不好的资产徘徊不前，他们会去选择更有活力、利润更丰厚的企业，比如互联网初创企业发放贷款，那样的企业才付得起更高的贷款利息。当银行利润提高以后，反过来又可以为优质公司提供更多的贷款，帮助他们发展。”

而针对经济增速放缓的“迷局”，中国政府下一步应该采用怎样的调控手段，一向众说纷纭，专家学者争论不休。对此恩格尔则认为，采取什么样的货币政策并非关键，重要的是如何想办法让资本市场更有效率。

“现在中国的基础设施已经很完善，优质的机场、公路、高铁、高楼大厦遍布全国。但是，通过直接投资基础建设来刺激经济这种做法的潜力已经消耗殆尽，未来应该通过优化资产配置来实现经济增长，提高利润，比如支持更多中小企业的发展。比起直接投资，中小企业收益将会更多，同时他们也是就业增长的主要来源。我不会对美国提同样的建议，美国需要大规模基础建设，但是中国已经完成了。我相信中国政府能看出真正的问题，拿出妥善的解决方案。从中国经济的腾飞过程中，我发现中国人一旦知道了什么事情是正确的，就会勇往直前。中国的一些举措起初很多人都不看好，但事实证明，中国的经济表现得非常好！”

我亲历的中国经济 40 年

文 / 龙安志 译 / 张超娜

龙安志，美国政治经济学家、律师，“喜马拉雅共识”智库创始人，联合国开发计划署“对话丝路“项目主席。他在中国生活工作了二十五年，曾先后出版了许多作品，如《中国人的世纪》《朱镕基传》《中国第一》等，为对外介绍中国起到了积极的作用。

绿军装和可乐

伴随着北京朝阳的升起，我都会按时起床，爬向四合院的屋顶，练习气功。当第一缕晨光划过这座古城的老胡同，远处朝阳区的霓虹灯逐渐暗淡下去。这时候，我总会想起过去 40 年中国翻天覆地的变化，而且我也置身其中，感同身受。

我仍记得那是 1981 年的晚春，那时我刚来北京。时任美国总统吉米·卡特于 1979 年正式与中国建立了外交关系，我当时是第二批被派到中国留学的美国学生。我到达苏联时代修建的北京机场，天花板上装饰着红色的星星，那时还没有行李输送带，行李就那么被堆在一堆，只能自己去找。走出机场，外面的人们都穿着绿色军装或者蓝色工裤。我用来之前学的蹩脚的普通话和人们沟通，我猜他们应该根本没听懂我在说什么，就这么盯着我，好像我是从太空坠落的外星人似的。

20 世纪 80 年代的中国经济发展落后，物质匮乏，人们即使是有钱，也没有什么可买的。国营商店只提供蓝色工作裤或绿色军裤。出现在广州夜市上的从香港走私来的衣服，成为第一批时尚潮流服饰。

如果没有粮票，即使有钱，也买不到米饭或馒头。每当我去友谊商店花一美元买进口的可乐时，我的中国老师都认为我是“败家”。

在当时的中国社会什么都不能浪费，甚至当笔写不出来的时候，我的中国同学都会把水吸进笔中来稀释墨水，每一块废纸都会被用得不留一点空白。

很快，我也穿着绿色军衣，戴着绿色军帽，背着绿色军装书包去上课。我买了一辆天津产的飞鸽牌自行车。作为一名外国留学生，我很幸运可以不必等待配额直接购买自行车。另一个特权是午餐中有一小块猪肉，而中国学生的饮食中没有一点荤腥。

我遇到了正在尝试法国印象派风格绘画的年轻艺术学生，这在当时算是政治允许的边缘。难以想象三十年后，这些学生们会成为著名的艺术家，在国际著名的苏富比拍卖行出售他们价值数百万美元的画作。当我在新兴的黑市上卖掉我的飞鸽牌自行车时，我从来没想到过这些事情。

快车道上的 90 年代

进入 20 世纪 90 年代，城市的街道日新月异，到处都在施工，我会在昨天还认得的街角迷失方向。新修的道路从刚拆迁的旧街区穿过开始通车，在最意想不到的地方高楼大厦拔地而起，自行车被豪华轿车取代，冬天里熟悉的鸽子飞翔的声音淹没在嘈杂的嗡嗡声中。

作为一名年轻的律师，我生活在快车道上。1992 年，我参与谈判解决了当时最大的、具有历史意义的一例纠纷——厦门福达和柯达之间的中美技术转让纠纷。在当时中国交易的最前沿，我帮助埃克森美孚、爱立信、罗氏、拜耳等公司做成了在中国的第一笔交易，并帮助像哈根达斯、苹果和孟山都等公司进入中国市场。

上海当时正在经历转型。在深圳、珠海等南方经济特区取得成功的基础上，上海领导层决定在外滩对面建立金融贸易区。这个地方叫作浦东，是一块平坦开阔的土地。很快，高楼大厦崛地而起，东方明珠塔也随之而来。建筑物越来越高，大量的投资通过谈判涌入浦东。我认识的上海那边的领导后来被提升到北京任职。不久，我也被北京的部委请去就国有企业改革提出建议。那时重组国有企业的经验对未来的经济改革有重要参考价值。当时的政策由一个叫作国家经济体制改革委员会的组织来制订，我经常被请到一个大院里的办公室提供咨询，那里紧挨中南海，从我住的四合院骑自行车很快就到。

除了国有企业改革外，中国领导层采取了更重大的宏观经济决策，对中国乃至世界的经济产生深远的影响。事情不会永远是一个样，传统的西方经济学建议采取“休克疗法”，令社会主义经济经历震荡迅速成为市场经济。那些采纳这种方法的国家，如苏联，都被震荡成经济萧条或经济崩溃。如果没有逐步建立相应的社会和经济机制，将人们长期习惯的由国家提供的旧体系过渡到从住房到医疗所有东西都商业化的新体系，“休克疗法”提出的经济转型就不可能会实现。

中国采取了有管理的市场化进程，采用国家计划和市场干预的手段双管齐下。我发现中国政府会让市场有规律地发展，当市场经济失去控制时政府就会采取手段来控制。如果财政政策、税收和利率行不通，他们会采取行政措施，如收费和配额。中国不在乎别人说什么，只要得到结果。这个方法非常实用。这就是我们以后所称的“中国方案”的开始。

循序渐进的“中国方案”

眼看着中国的成功，亚洲其他国家也开始采取自己的“中国方案”。在 20 世纪 90 年代初期，越南和老挝中央银行的顾问不断研究中国采取的各项改革措施。他们很快就理解了中国的方针及解决方案，适当改变以适应自己国家的需求和特点。我在南亚和非洲过去二十年来的工作中，有个问题总是被商界领袖、政府官员甚至国家元首问到：“中国是怎么做到几十年来经济长期持续发展的？”

其中一个答案是“循序渐进”，即一步一步地进行改革和采取新政策，而不是像美国经济学家，以及世界银行和国际货币基金组织坚持的“休克疗法”。在采用混合所有制经济的情况下，中国选择借鉴其他制度，取其精华，去其糟粕。我观察到，中国的决策者并不太关心意识形态或经济理论，而是关注实际问题的确切解决方案，以改善中国人民的生活。

尽管有些西方媒体有偏见，但中国向世界证明了脱离美国经济支配的一种可行办法，中国使用市场经济和计划经济这两个工具，将经济从物质匮乏发展为供过于求，人民从贫困到铺张浪费。当然中国为发展也付出了代价。

中国二十年来的脱贫人口数量比历史上其他国家都多，同时中国也成为世界上最严重的污染者。匆匆发展无视环境污染来实现经济的高速增长，中国在空前繁荣的几十年里，也面临着前所未有的

2005 年以后，龙安志活跃于喜马拉雅高原地区，以经济、文化和生态和谐发展的理念，开发生态旅游，为藏区人民提供医疗、教育等帮扶项目，并将其发展为独特的“喜马拉雅共识”模式

水、食品和健康安全危机。然而，中国领导层采取了经济改革成功时循序渐进的办法，转而把应对环境危机作为新的工作重点。

2013 年，我被任命为中国环境保护部高级顾问，负责协调“绿色印刷”政策的起草工作，这也是“生态文明”的一部分。借鉴中国自己的文化框架，我们围绕创造中国自己的可持续发展的“五行”理念。这些要素包括：土地作为固定资产投资，将电力从化石燃料转化为可再生能源；水作为绿色金融；木材作为治理和绿色空间；火力作为循环经济的保护和技术的教育；金属作为 GDP 的重新思考和重新平衡，注重质量而不是数量的增长。2015 年 4 月 25 日，中共中央和国务院都把生态文明作为国家政策，来扭转中国环境成本增长的趋势，促进环境保护。在短短的两年时间里，中国改变了

20 世纪 90 年代，龙安志（左）和友人在天安门合影

政策来应对世界最大挑战——气候变化，并且目前在可再生能源创新、投资和绿色金融方面处于领先地位。与此同时，美国的政治家们还在争论气候变化是否科学。

多元本土化而非单一全球化

2017年10月18日，我参加了CGTN总部的“中国24小时”新闻节目录制。当我在评论现场时，天安门广场的摄像机向工作室转播中共十九大的画面。代表们抵达十九大开幕式时，小雨轻敲着人民大会堂的大理石台阶。这将是全球历史上的一个转折点，标志着四十年改革开放的成就和一系列新的政策相结合，将为中国和世界提供新的解决方案。

令很多人吃惊的是，会议以一分钟的沉默开始，所有代表都鞠躬致敬，悼念68年前建立中华人民共和国的第一代领导人。中国现任领导层在大会开幕之际加上默哀的时刻，向其历史致敬。与此同时，它正在清楚地区分当前的新时代和前一个时代。习近平总书记在开幕式上致辞，在开幕词中使用“新时代中国特色社会主义”这个名词，开创了一条新的道路，关键词是“新时代”。

问题是：世界上最大的共产党怎么把马克思主义这个19世纪用于分析工业革命时期的社会关系经济理论与一个在21世纪绿色

金融、手机银行、人工智能研究和开发方面领先全球的中国结合起来。缩小贫富差距是巨大的和代代相传的任务。习近平总书记在把“中国特色社会主义建设进入一个新时代”上下功夫，着眼于消除贫困，缩小收入差距，关注生态和绿色能源，重振中国文化和传统。提出“中国方案”的概念应对全球性挑战。

这是中共第一次强调中国在全球一体化中的作用。“一带一路”倡议成为重中之重。习近平谈到更加开放的贸易和投资，坚定不移地推动全球化进程，联合国等全球治理机构的重要性。而此时，美国总统和政府正在推迟全球一体化，违背气候变化的承诺，并阻挠像联合国这样致力于全球和平的机构有所作为。

西方模式谈论民主、透明和治理，却经常忽视欠发达国家为了摆脱贫困而走上可持续发展轨道所需要解决的核心问题。没有基础设施，交通，通信，电力，水利和医疗卫生，人民生活就不会改善。在欧美可能奏效的外部解决方案也许不适用于中国或其他发展中国家。

习近平总书记在提出“中国方案”时，并不是说任何国家都应该遵循中国的经济模式。相反，习近平认为，“中国方案”代表了一个国家应对独特环境和挑战的一种方式。同样，其他国家也应该寻求自己的解决方案。这必须来源于每个国家以及他们的人民和历史文化背景。“中国方案”实质上强调，了解自身情况的人们应该寻找本土化解决方案，而不是生搬硬套从外部智库或多边机构引进的理论，这些理论可能并不能灵活地应对当地情况和环境，甚至根本起不到作用。

南半球的许多国家都被传统的“休克疗法”方法所困扰，这些方法是由某些西方机构强加给他们的。而且，这种方法往往是与政治条件或意识形态框架联系在一起，并不有效。提供一个鲜明的对比，2016年世界银行对发展中国家的援助总额达610亿美元。同年，中国的援助达7272亿美元。仅来自中国进出口银行的贷款就超过了世行提供的贷款总额。

世界上的每一个地方都不一样。不过，中国可以分享一些经验。中国从上世纪80年代到现在的转型，涉及基础设施的大量固定资产投资。中国的许多省份都深居内陆，没有公路、铁路、通信网络和沿海地区的港口，就没有几十年来外国投资和出口的激增。对于许多面临类似挑战的发展中国家，比如非洲、中亚和南亚的内陆国家，中国的经验是有参考价值的。

关于“中国方案”，习近平总书记已经将其定调为多元的本土化，而不是单一化的全球化。他强调应该尊重每个民族的差异化传统，尊重多元化制度，而不是要采用一个西方机构强加于发展中国家的单一模板。

拉贾：我把青春献给了改革开放的中国

口述 / 拉贾 · 马格斯维伦　执笔 / 吴星铎　王兆峰

拉贾·马格斯维伦（Raja Magasweran），美国国籍，生于斯里兰卡。拉贾先生凭着他日益

拉贾（后排左二）的全家福

丰富的经商理论和实践经验，以及卓越的领导才能，在与中国进行的近40年的经济交往中，获得了广泛的好评，被国际用户公认为他们的商务顾问和合作伙伴；同时为中国开拓世界高科技领域的现代化、为中国政府和企业提供高质量的高新技术与信息服务作出了自己应有的贡献。

1974年，我来到中国

曾几何时，街上的女孩子们仿佛要参加什么重要活动似的身着同款的绿色或蓝色衣服，甚至从身后看根本辨不出性别；曾几何时，买一条好烟，一瓶好酒，都要靠着外籍的身份去北京建国门的友谊商店；曾几何时，每月拿着一百余块的零花钱，自知是普通人收入的两三倍，却还是抱着粮票布票不够用……

1974年，我作为第一批来华留学生离开了我的家乡斯里兰卡。我们在巴基斯坦的卡拉奇转机——那时，只有巴基斯坦的飞机能从科伦波飞往北京。从唯一的航站楼走下，无论是建筑、车辆，还是热情接待我们的中国人，一切都是那么整齐划一。在意识到这个国家的艰苦之前，对比有些乱七八糟的斯里兰卡，我首先感受到的是这样的统一带给自己的舒适感。那时是天气转凉的十月，紧接着，这些向导就为我们准备了保暖大衣。他们仿佛钟表一样有条不紊，然而又有着冰冷严谨外的热情。很快，每个人住什么大厅，每天的安排如何，几点到大厅集合，每月的零花钱……就连食堂也专门为我们提供西餐。尽管已经不记得味道如何，但这份诚意以及人性化的安排让我们得以全身心投入学习，我甚至不敢相信，他们是第一次接待外国人。

当然，在中国生活依旧有诸多不便。尽管每月可以领到刚印出来还飘着香味的人民币，但一角两角、一分两分让我苦恼了许久，布票粮票这种闻所未闻的东西更是令我一头雾水。尽管中方体贴地为我们准备了保暖服装，但那时没有暖气，来自热带地区的我们，也难以适应北京这十月就开始转凉的天气。就连热水澡都有时间限制，我们只好在运动过后快速冲洗过身体便奔向床铺，像刚出生的雏鸟般裹着厚被蜷缩其中。

然而，我们这第一批留学生既然选择来到中国，就不是准备来享受的。实话说，那时的中国一穷二白，还不及斯里兰卡，因此，那时来到这里生活学习的，都是真正对中国有感情的人。几十年来，我们和北京人一起学习，生活，吃喝住行样样在一起。可以说，我和我的朋友，都是胡同里走出来的人。如果十几年前有人问我，哪个胡同怎么进怎么出，我可以像我的专业一样给他详细讲解，还能带着他左串右串。今天可就不行了，这么多的楼房雨后春笋般林立，我的年纪也越来越大，已经记不住那么多了。

从“你”“我”研究汉字输入法

中国人生活的巨变是改革开放的功劳，在改革开放中，我也奉献了自己的一丝力量。1978 年邓小平同志提出“改革开放”，而我四年前就已经来到中国。我最初就读于北京语言大学，之后到东北科技大学深造四年，又回到北京科技大学念了研究生，这时已经是 1979 年，正是改革开放揭开序幕的时刻。我当时也聆听了邓小平同志的讲话，非常振奋人心，那时怀着一腔热血，决定要为中国作出贡献。学成之后，我主要在中国科学院的计算所工作。我的好朋友和老师是高庆狮教授，他是邓小平同志指定的科学家，是银河计算机一系列的技术创始人，世界闻名，主要工作就是设计计算机。他得到的任务也最艰巨，要创造出中国最快的计算机。

当今时代，计算机行业从业人员非常多，也有了相关专业、相关课程。但我们那时是从零开始研究计算机。我们从外国拿过来几台叫作 z80 的八位机，和几个老师一起研究汉字输入法。当时国家还没有汉字输入的标准，我们就已经开始研发，比如汉字怎样输进去一个方框，有个“你”“我”这样的字，最后当然历尽千辛万苦研究出来了，这也是我们高教授实验室的成果，后来也成了国家标准。但是这件事，鲜有人知。之后我们又投入到汉字打印的研究中，那时候只有日本能够实现这个技术，我们又从日本那边取经，撰写了一系列报告，最终才完成任务。

上述任务，都是我和同伴，还有高教授这些学者在实验室里一同努力的成果。但还有一项重要任务只有我能胜任——出国办事。那时候的科研项目，其中一些内容需要到美国学习，一些材料也需要到美国买。但是当时很多中国人没有护照，出国极为困难，我就担负起了这项重要工作，远赴美国购买高级材料，学习技术。

同时，我还要到各地演讲，争取美国各公司的信任和投资。那时候苹果公司、IBM 公司，都认为中国是个穷国，也没有大规模使用计算机的可能，不值得开拓市场。我就花大量时间制作幻灯片，一个个给他们解释，还在杂志上发表自己的文章——即便如此，还是有相当一部分人不相信。我当时在演讲里说道，计算机十年内会进入中国家庭。十年后果然如我所料。连手机的市场我也做过调查，最后得出的结论是二三十年后，连卖菜的人都会拿着手机，现在也实现了。

后来我转去做系统工程。中国也给了我一个非常好的平台。我的研发成果包括识别招牌、交通违章的抓拍系统、通话会议系统。在国外如果研发项目需要非常多的实验，既困难又缓慢。而在中国，我有各部门的支持，研发后也能快速投入使用。

1983 年，我在北京的 738 有线电厂为技术人员引进了电脑生产，微电脑的生产线以及硬盘技术——这些技术都是美国当时最先进的。我们当时是通过贸易形式，没有花费大量资金就进行引进，让中国的技术人员也能学会。这一切都要归功于邓小平同志 1986 年提出的“863”计划。

从亚运会到奥运会，我感受到中国发展战略的优越之处

第 11 届亚运会 1990 年在北京举行。这是中国举办的第一次综合性的国际体育赛事。北京政府大量投资改造城市建设，给我提供了一些在数据通信和交通管理方面的项目机会。接下来中国努力申办奥运会，2004 年没拿下来，但是 2008 年拿下来了，当时我和中国人一样很激动。借着这个机会我和北京几个政府部门的合作开始了。我给交管局和交通局做了很多改进路面项目，包括信号控制系统、优化抓拍系统等的工作。筹办 2008 年奥运会时我经常参加北京的城市规划、资源整合和改造项目的研讨会。北京大北窑桥下改成公共汽车站的项目中，我参加了项目的专家建议组。

我确实可以骄傲地说，我把青春岁月全部献给了中国。所以现在中国变得如此富强，我非常自豪。然而，让中国真正发生巨变的，

并不是我。就像当初的美国公司不相信中国的飞速发展一样，中国改革开放几十年的变化超乎所有人的想象。我之所以能预测到，是因为我在中国，在这片热血沸腾的土地上，深切感受到了中国发展战略的优越之处。中国历代领导人的看法和做法都非常正确，比如“四个现代化”，确实找到了中国存在的问题，并且提出了相应的解决方案。中国比起美国更加有优势的一点在于中国人的执行力，还有中国人对领导和政策的认同度，上下一心的拼劲儿。如果美国领导人制订了一个计划，那么总会有很多反对派去批判它，这些反对派有些不是因为政策本身，而是他们在党派立场上有偏差，几个政党无意义、无休止地争斗，导致政策审核了半天，最后的结果居然不执行了。中国绝不会出现这种无意义的纷争，领导人的计划决策能够落到实处。因此，几十年天翻地覆的变化既是领导人，也是所有为之努力的中国民众——也包括我在内——的功劳。

我和“小护士”

在我漫长的中国生活中，还有一段不得不提的插曲：“小护士”化妆品牌。提起我的名字，一些人最先联想到的也许不是计算机和技术工程，而是“小护士”的创始人。我有必要解释一下，实际上，“小护士”只是一个无心插柳的产物，尽管如此，它仍是我一生中最成功的事情。

20 世纪 80 年代时，虽然已经开始改革开放，但中国的市场上还没有很多外国商品，只有上海、北京极少的几家公司做化妆品。我是在 301 总医院的皮肤科无意中发现了一个发明，叫作消斑灵，这个药的特点在于祛斑效果良好，而且没有任何副作用。但药物终归还是药物，不是商品，我当时就思考，如果能给它一个名字，给它一个品牌，一个经营模式，最后包装起来进行商业化运作该多好。于是我投资了十万美元和 301 医院的王大夫、李志达等几个合伙人成立了丽斯达化妆品有限公司，在深圳蛇口招商局的楼里面买了一层楼。这个公司我管理得不多，更多是李志达从零开始把公司搞起来，所以我非常感谢他的帮助。在“小护士”的运营当中，最大的困难是当时的技术。虽然产品刚生产出来没有缺陷，但几个月后就开始出现问题，包括效果减弱等生产工艺问题。当时寻找高技术人才也十分困难，连我们这些创始人也没有这样大批量生产的经验，最后只得自己慢慢学习。人手和市场推广也曾难倒过我，但随着新品种的增多，我开始琢磨宣传，就雇了两个大连的双胞胎女孩做代言人，买断了电视里的很多黄金时间，每年花费 4000 万元播放广告，于是本身就受欢迎的“小护士”更加热销。

我对创业的态度是：创业本身要经过一个很艰苦的过程。像“小护士”的运营中，市场、资金、人才、设计全部都是问题，我们一个个把它克服了，这也是很了不起的一件事。

实际上，“小护士”只是我投资的众多公司的其中之一，只是它最为成功。1980 年，我还注册了美中贸易公司，是在中国注册的第一家美国公司。说来也巧，当时工商局刚刚开始发放外企营业执照，我还记得在北京民族文化宫设立的临时办公室里，我们正好是第一个办理的。那时中国的相关政策还很不成熟，外企办公地点都集中在北京饭店，我还记得 3087—3089 号是我们的办公室。

现在的中国人正经历幸福时代

现在我 65 岁，基本算是半退休，但在马鞍山的优创公司挂职，其他时间还在做灯光设计、房屋设计、路灯设计和远程控制系统集

拉贾（右四）和公司员工合影

成工作。

在40年的中国生活中，我在这片土地上组建了自己的家庭。我的夫人是北京人，我们有三个孩子，生活虽然大体上美满，但开玩笑地说，我在家里没有任何权利，一直被她“管控”，后来很多同事告诉我：“你在家就听老婆的，出去就听党的，错不了。”

我记得前些年央视有一个采访，记者带着话筒走街串巷，询问各行各业的人：“你幸福吗？”虽然没有问到我，但我也有自己的答案。

我是幸福的。怎么判断自己是否幸福呢？这就要有一个衡量的标准，就像因为有黑夜，所以我们才知道白天，知道黑夜和白天的区别。经历过不幸福的人，才会懂得幸福的真谛。比如我的助手，一位90后的年轻人，我问她你幸福吗？她也许会回答不知道，因为她没有经历过痛苦的年代，没有体会过没钱吃饭没钱穿衣的艰苦。我在这里的几十年，一步步看着老百姓的生活出现改善和转机。抬头一看，一座高楼又起来了，这些北京人便面露微笑，想着哎哟，这是我生活的地方，他就会感到骄傲，感到幸福。这当然要感谢中国政府，给了我，给了这些老百姓希望，让他们能够享受生活，这就是改革开放最关键的一点。别忘了生活是个过程而不是个目标。

那么，现在的中国人幸福吗?

我认为现在某些中国人对于幸福的判断是有所偏颇的。在他们眼中，成功和失败都以钱来衡量，他们就是为了人民币活着的，也因此滋生了攀比心态。的确，没有钱很多事情办不了，但决不能把一切归于钱。我最遗憾的一点，就是当初没有预测到这个时代会有如此多的富人集中在中国，也会有如此为钱着迷的民众。

实际上，钱多的人不一定幸福。“四个现代化”让中国孩子吃饱穿暖，更多孩子甚至达到了小康、富裕，他们的生活水平提高了，但问他们幸福吗？有的人说，我不幸福，因为前几天想看某个音乐会，我没去成。看起来很荒谬，但这个现象在现在的中国确实存在。横向对比，30 年前这个年龄的孩子要比他们艰苦很多；纵向对比，一些贫穷国家的人也不如他们。中国已经给了孩子们很多，就像现在的班级，不会强制十个人去开车，十个人开机器，跟着计划走，现在是自由的时代。

从外国人的角度来看，我认为现在的中国人，已经在经历幸福的时代。

“走出去”的明日中国

作为一个成功预测过中国计算机市场和手机市场的人，我也希望尝试预测一下中国未来的发展。中国人特别希望有新事物进来，能够替代老旧的事物。尽管中国注重传统文化，但在科技上，他们有着积极开放的态度。我认为，习近平总书记的想法非常正确，他希望中国能够走出去，把中国的文化传播出去，扩大中国的影响力，而这和美国的方针政策有很大区别。美国强大的时候，很多人奔向美国，到美国留学、创业。而中国强大了，更多的是人们去世界各地。因为中国的市场接近饱和，许多企业只有走出去才有自己的发展前景。我认为，中国有人才，有资金，更有头脑清晰的领导人，随着“一带一路”和中共十九大的精神的落实，中国五年之后对外国的影响会大大增加。我相信会有不少中国人去我的家乡斯里兰卡，也希望更多的外国人能够来到中国定居。

提到外籍人士来华问题，作为老前辈，我希望给他们提个建议。中国的法律和外国有一定区别，很多地方的管理方法和制度与国外不同，如果来到中国经商创业，务必要了解中国的法律政策。俗话说，入乡随俗，在遵守当地法律政策的前提下，欢迎各位外籍人士来到中国体验，贡献和享受这里的美好生活。（海龙国际教育创新研究院供稿。傅涵推荐专家）